Reminiscências

Marcelo Nocelli

Reminiscências

Copyright © 2013 Marcelo Nocelli
Reminiscências © Editora Reformatório

Editores
Rennan Martens

Revisão
Tuca Melo
Ricardo Celestino

Imagens de capa e miolo
Daniel Lima/Chrystian Figueiredo (Divino Studio)

Design e editoração eletrônica
Negrito Produção Editorial

Dados Internacionais de Catalogação na Publicação (CIP)
Bibliotecária Juliana Farias Motta (CRB 7-5880)

Nocelli, Marcelo
　　Reminiscências / Marcelo Nocelli. – São Paulo: Reformatório, 2018.
　　[2. edição] 120 p.; 14 x 21 cm.

ISBN 978-85-66887-01-3

N756r
　　　　1. Conto brasileiro.　1. Título.
　　　　　　　　　　　　　　　　　　　　　　　　　CDD B869.93

Índice para catálogo sistemático:
1. Conto brasileiro

Todos os direitos desta edição reservados à:

Editora Reformatório
www.reformatorio.com.br

Para Alencar, Catarina, Célia e Luís, em memória.

"Que são os fatos de que nos lembramos, senão a consciência de uma fugitiva luz pairando oculta sobre a verdade das coisas?"

LÚCIO CARDOSO

Sumário

11 Apresentação: Nas situações-limite entre arte e vida
Jucimara Tarricone

17 Remissão
23 O operário da arte
31 Domingos
35 A menina e o homem
39 Planária
45 Lembranças
49 Ela
55 Amanhã, outro dia
59 A pura, vida
65 A diagrafia de João da Silva
71 Antes do casamento
77 Alvitre
81 Voz da experiência
89 A volta
95 O quarto dos fundos
103 O surto
111 Reminiscências

APRESENTAÇÃO

Nas situações-limite entre arte e vida

Os 17 CONTOS do livro Reminiscências caracterizam-se por reunir personagens ligados pelo mesmo aspecto: a solidão demasiadamente humana do existir. São vozes que lembram e reclamam, mais do que a vivência passada, à procura incessante da experiência do viver. Em cada texto um ritmo rápido, cortes que sugerem imagens em um jogo de linguagem denso e seco, às vezes, talhado pelo lirismo; quase sempre, de negação a qualquer poética. Linguagem que requer uma sintaxe precisa, um enxugamento das palavras. "Lembranças" é o exemplo dessa opção. Em uma narrativa curta, mais vertical, o personagem narrador evoca um passado marcado pelo embrutecimento das situações familiares, cuja figura paterna é o arquétipo do autoritarismo e da castração.

Aliás, a forte presença do pai como lei se encontra também em "Remissão" e "Alvitre". Nesses contos, encontramos uma exposição direta, por uma pontuação assinalada pelos limites da circunstância explanada: pequenos quadros verbais reveladores das aporias da linguagem e do próprio viver.

Se em "Lembranças", a morte do genitor é apenas simbólica, embora determinante para mudar a relação do narrador com a família; em "Remissão" e "Alvitre", ela é o centro que desencadeia a investigação de sentido pelos personagens. A questão da morte, por sua vez, aparece de forma tangível também em "Planária", conto que nos permite discutir, em crescendo, a brevidade da vida.

É novamente a ausência física a tônica do conto "Domingos". Da memória de cheiros, sensações, cores e sons, o personagem redesenha a casa de seu avô e os momentos de um tempo distante. Talvez seja o texto mais lírico, pois é escrito na reverberação da saudade, não só do avô, mas também, daquele eu do passado. Sinestesias de uma outrora se mesclam e se distendem ao encontro de um fio da lembrança que, ao ser escrito, se pretende eterno.

Do mesmo modo, "Amanhã, outro dia" é tecido com as linhas da leveza, em uma procura de um tempo não amarelado pelo progresso. Tempo esse recriado por um ritmo sintático-semântico imagético, presente em pequenas frases coordenadas.

Tal preocupação com a escrita, e a relação mais próxima com ela, se faz mais notória em "Reminiscências": a arte se confunde com o gozo fluído de uma velha máquina de escrever. Se a associação arte/vida é um tom recorrente nesse conto, em "O operário da arte" fez-se desse conjunto um convite novo a um mergulho nas situações-limite entre vida e arte. Escolhas como um atravessar de fronteiras; passagem de um existir lúcido à ludicidade do existir.

Nesse viés, as relações interpessoais igualmente são revistas em "A menina e o homem", em que a descoberta da sexualidade se delineia em meio à ausência paterna (tema, como vimos, recorrente) e a negação desta pela mãe.

Como a balizar a falta de comunicação entre os indivíduos, o sexo e as relações amorosas dependentes e estereotipadas são recriadas em narrativas como "Ela" e "Antes do casamento". Porém, o intuito não é julgar tais personagens, mas mostrá-los sem a máscara encobridora das fantasias e dos desejos.

Sob esse aspecto, "O surto" encarna o momento mesmo em que o grito de angústia e de linguagem se imbricam para fomentar uma possível saída.

É esse também o mote para o conto "A volta": pequena verborragia a respeito das obsessões e idiossincrasias de indivíduos, cuja única certeza é a solidão como aresta.

Já em "O quarto do fundo", "A pura, vida" e "A voz da experiência", a pequena contravenção é enunciada e anunciada por meio de personagens avessos ao universo do senso comum.

Enfim, este livro dialoga com outras narrativas de prosa urbana, tal como a obra de João Antônio, presença viva, por exemplo, em "A diagrafia de João da Silva", não só pela citação, mas também pelo ambiente e pela escolha de personagens desvalidos, "esquecidos" da sociedade e à margem desta.

Todavia, Marcelo Nocelli deixa com Reminiscências uma marca nova: a de um escritor com um projeto literário em construção. Uma escrita capaz de abarcar os paradoxos, os intervalos, os contornos do que se convencionou chamar de vida. Trazer e recriar, por meio da linguagem, as pequenas conversas do dia, as observações miúdas do viver, as relações permeadas de convenções sociais e a solidão que desponta em cada dobra do dia.

JUCIMARA TARRICONE

Doutora em Teoria Literária e Literatura Comparada pela USP. É autora de Hermenêutica e Crítica: o pensamento e a obra de Benedito Nunes *(Edusp/EDUFPA 2011), finalista do Prêmio Jabuti 2012.*

Reminiscências

Remissão

Quando cheguei à rodoviária ainda era madrugada. Poucas pessoas esperavam por parentes ou amigos. Há quinze anos eu não voltava à minha cidade natal.

Tomei um táxi até a igreja. Contemplei a velha torre que a altura tanto me encantara quando criança. Estranho como me pareceu mais baixa. No terreno vizinho, onde naqueles tempos existiu uma pasteurizadora de leite, hoje há uma universidade particular, dessas pasteurizadoras de diplomas. Já não existem mais fazendas na região. O pequeno comércio desapareceu, dando lugar aos grandes magazines, padaria de luxo e prédios comerciais. A quantidade de empresas aumentou, e os terrenos baldios onde costumávamos brincar também sumiram.

A maioria dos familiares e os poucos amigos que restaram já estavam no velório. Pedi ao taxista que não subisse ao estacionamento da igreja. Ele informou que não poderia. O estacionamento agora é pago. Terceirizado. Se os fiéis não contribuem mais pelos métodos antigos, de livre e espontânea vontade, agora são obrigados a pagar pela prestação de serviço, comissionando, inclusive, outras empresas e atravessadores como em qualquer empreendimento capitalista.

Antes de entrar, resolvi tomar um café na padaria em frente. O velho balcão de madeira, onde parava com os amigos das noitadas foi substituído por modernas instalações. O café já não é mais feito no coador de pano e o expresso frustrou-me ao não sentir o gosto que esperava; o anseio das madrugadas em que voltávamos embriagados para casa. Era tanta vida explodindo que só o café forte e amargo e as histórias do Luiz eram capazes de suavizar nossa chegada em casa. Naqueles tempos éramos cinco inseparáveis amigos, apoiados no balcão de madeira coberto por uma chapa de alumínio que refletia os primeiros raios solares em nossos olhos tão vermelhos quanto os batons das moças do nigth club. Luiz vangloriava seus tempos de mocidade. Dava conselhos que nunca ouvíamos em casa e dava também cigarros de menta escondidos no saco de pão quente que eu levava correndo para o café da manhã, na tentativa de abrandar minha chegada. Uma artimanha para que meu pai não rezingasse tanto.

O sono foi o único resquício que senti daquela época. Luiz também se foi, assim como o coador de pano e por um momento pensei estar em São Paulo. Aquela não era mais a pequena cidade que eu tentava rememorar.

Senti um calafrio em encarar a família e o defunto de meu pai; sério, imponente e autoritário como sempre. Pensei em virar as costas, pegar o ônibus de volta. Tenho certeza de que ele não me perdoaria por isso. Assim como não nos perdoamos por esses anos todos. Nosso eterno jogo de magoar para depois receber, como um contragolpe; o perdão num ato de falsa grandeza. Em nossas pequenas tréguas silenciosas tínhamos como um acordo imaginário que perdoar era vencer uma batalha. Mas sabíamos também que era apenas uma questão de tempo para o adversário se armar novamente. Agora não tinha mais sentido levar adiante essa briga. O velho teimoso morreu. Essa condição seria a única forma de nos apaziguar. Só assim eu pediria desculpas sinceras. Só assim, ele seria capaz de me absolver. Não poderia voltar atrás, tinha que entrar. Mesmo sabendo que o velho venceria a guerra.

Quando ligaram do hospital, pensei que seria mais uma entre as tantas internações pelas quais ele passou nos últimos anos. Não acreditava que fosse morrer agora. Soube que, um dia antes de sua morte, ele deitado na cama, praticamente sem conseguir se comunicar, ergueu a cabeça e com toda força que lhe restava, perguntou por mim. Disseram apenas que eu estava bem, lecionando economia em uma das mais conceituadas universidade do país. Mas não era bem isso o que ele queria saber. O sentido de estar bem sempre foi muito diferente para mim, para meu pai e para minhas irmãs.

Todos olharam espantados, como se não esperassem pela minha presença. Aproximei-me do corpo, ainda mais rígido que em vida, e num ato obtuso de superioridade, não o toquei. Não daria o braço a torcer. Suas mãos entrelaçadas sobre o peito também não se moveriam. Engraçado, como antes foram ágeis nos tapas e socos e hoje me pareceram tão frágeis. Enrugadas. Brancas. Segurando um terço que provavelmente ele jogaria longe, se pudesse. Talvez ateasse fogo, assim como fez com minhas revistas de sacanagem e os livros de poesia na noite em que me flagrou no meio de uma masturbação. Olho para as cicatrizes em meus braços; queimaduras feitas por ele com a ponta do cigarro de maconha que enrolei nos opúsculos de santo expedito, impressos por minha mãe como pagamento da graça alcançada quando ela se recuperou de uma cirurgia para retirada do útero.

Com o passar das horas vou me acostumando à efígie. Olho para o rosto esbranquiçado do meu pai. Os olhos fechados não me metem medo. Nem o algodão em suas narinas. Sinto uma alegria momentânea. Uma paz. Alívio. Algo me diz que estamos melhores assim. Descansaremos em paz. Acho que se a morte não fosse natural, eu sentiria prazer em matá-lo, e quando penso nisso sinto um arrepio. Tento apagar a imagem da minha mente: eu espancando meu pai até a morte. Procuro afastar essa vontade buscando um sentimento qualquer que me falta. Na tentativa de distrair a mente, acompanho a reza das mulheres ao redor do caixão. Involuntariamente olho para a representação na parede; Jesus Cristo seminu com os braços estendidos, o sagrado coração em seu peito. Sangue. Coroa de espinhos. Aquela mistura de humildade, humilhação e ao mesmo tempo a soberba que a igreja católica conseguiu desfraldar na figura do coitado do cristo crucificado.

Meus devaneios são quebrados pela presença da minha irmã mais nova que se aproxima, e tentando puxar assunto pergunta o que faremos com a casa. O terreno deve valer um bom dinheiro, mas não quero pensar nisso agora. Primeiro vamos enterrar o homem. Às vezes tenho a impressão de que ele está nos enganando mais uma vez e que, a qualquer momento, vai levantar espalhando todas essas flores.

Minha irmã tem espasmos momentâneos. Chora. Digo que ela vai se acostumar. Já estava na hora dele descansar e nos dar algum descanso. Ela se ofende com meu comentário.

Olho ao redor. Incrível como tantos desafetos do meu pai estão presentes em seu velório manifestando suas condolências como se tivessem sido grandes amigos. Alguns até foram, durante um tempo. Tudo bem. Eu mesmo deixei todos os meus compromissos para vir até aqui. Mas isso não importa. Olho pela última vez para o corpo do meu pai e fico pensando; será que se fosse eu ali, esticado naquele caixão, o velho estaria aqui fazendo as pazes comigo? Iria chorar minha morte? Acho que não. Ele sempre foi orgulhoso demais.

Com o passar das horas começo a sentir um grande incômodo, não pelo corpo velado, muito mais por estar numa cidade que se desfez desde a minha chegada.

Não havia mais o que fazer. A princípio, cheguei a pensar que estava perdendo meu tempo, depois percebi que o tempo, ali, já havia me perdido há muito.

Deixei um arranjo de flores ao lado da coroa da família. Despedi-me dos amigos e parentes com um breve aceno. Não fiquei para o enterro, tinha um seminário importante para apresentar em São Paulo no dia seguinte.

O operário da arte

Para Paulão Preto

JORGE cumpriu seu ritual de todas as quartas-feiras. Marcou seu ponto às 18h, subiu até o vestiário, trocou o uniforme pela roupa de passeio e conferiu o trompete no case. Deixou a fábrica e seguiu até o ponto de ônibus com o instrumento preso às costas, junto a mochila onde carregava a marmita e o álbum de fotos que costumava exibir aos amigos para comprovar a veracidade das lembranças narradas sobre ter tocado na Sinfônica de São Paulo e, mais tarde, como músico de apoio, ao lado de grandes nomes como Rita Lee e Erasmo Carlos.

Após duas horas no trânsito, chega em Osasco. O conservatório humilde é mantido pela prefeitura da cidade e conta com o apoio de alguns músicos, outrora renomados, agora aposentados e esquecidos que lecionam de graça, muito mais numa tentativa de reaparecer do que ensinar.

A sala de sopro ainda estava vazia e de vez em quando ouvia um arpejo ao fundo, era a turma de violão. Foi até a recepção vazia, tomou um pouco de água no velho bebedouro enferrujado. Ouviu um som diferente à esquerda. Era um instrumento delicado e ao mesmo tempo intenso. A música era um fragmento da quinta sinfonia de Beethoven.

Apesar das aparentes arranhadas de um iniciante, era como se estivesse sendo executada pela alma. Sublime. Deixou-se levar pelos acordes. Toda a sua vida deslizava sobre as notas. O seu passado abrasado, o seu futuro extinto. A fábrica. A fresa. A música. Sua vida insólita e perturbada vinha acompanhando aqueles acordes como que compondo uma sinfonia que só ele conhecia. Quando a melodia cessou, acordou de um sono breve e foi conferir de perto a sala de onde vinha o som. Era uma aula de violino. Três alunos e um professor discutiam sobre a composição que acabara de ser executada. Pediu licença para assistir. Como uma criança que larga um brinquedo velho para descobrir um novo que acaba de ganhar, esqueceu-se do trompete e passou a imaginar-se tocando o violino. Ficou ali até que o encanto se quebrasse ao anúncio do professor de que a aula havia terminado. Não assistiu a sua aula. Foi para casa. Sonhou com aquela nova linguagem tocada que acabara de descobrir.

No dia seguinte acordou mais cedo que de costume e foi para a fábrica. A todo momento as notas do violino reverberavam em sua memória. Quando terminou o expediente, contou para o amigo mais próximo sobre o encanto com o instrumento. O amigo sorriu, disse animado que possuía um daqueles em casa. Contou toda a história: sua bisavó fora violinista. Havia ganhado o violino da avó dela, quando ainda morava em Veneza. Após sua morte, já no Brasil, o instrumento ficou para a filha, mãe do amigo, que não se interessou. Agora o violino estava lá, no porão, guardado num saco de lixo preto, em meio ao pó, entre as bugigangas da casa:

— Se quiser pode ficar com ele, disse o amigo.
— Agradeço muito. Mas é uma herança de família.
— Ora... Não tem serventia. Desde que minha avó morreu ninguém mais tocou nele. Minha mãe, quando era viva, nunca se interessou. Eu também não. Nem gosto de música clássica, prefiro um bom cavaquinho. Será mais bem aproveitado se levá-lo.

Jorge agradeceu o amigo. Combinaram de pegar o instrumento no mesmo dia, assim que saíssem da fábrica.

Quando chegaram, o amigo cumprimentou a esposa e o filho de oito anos com beijos no rosto e logo convidou Jorge para descer até o porão. Não era possível enxergar um palmo à frente. O isqueiro ajudou durante tempo suficiente para que encontrassem, entre as tralhas, o saco de lixo coberto de poeira.

Assim que subiram, Jorge viu o instrumento coberto de pó, mas aparentemente intacto. Pegou primeiro o arco, pensou em arriscar uma tentativa de tocar, mas desistiu. Agradeceu várias vezes o presente. Tomaram algumas cervejas. Conversaram e reclamaram da fábrica. Jorge mais ouvia, pouco falava. Diferente do amigo, não tinha raiva por quaisquer condições de trabalho ou pelo baixo salário. A raiva que sentia, na verdade, nada tinha a ver com a fábrica, mas com a escolha que se sentiu obrigado a fazer em determinado momento de sua vida; abdicar-se do sonho de se tornar músico profissional.

Conseguiu deixar a casa do amigo com a verdadeira desculpa de que perderia o último trem para Osasco. Chegou tarde em casa. As explicações pela demora e os elogios ao som do violino não convenceram sua mulher. Mesmo assim, dormiu sonhando com a próxima quarta-feira, dia em que poderia experimentar a sensação de tocá-lo.

Quando enfim chegou à primeira aula, sentou bem à frente, próximo ao professor, que com uma simpatia nostálgica comentou as vantagens do violino em relação aos outros instrumentos. Apresentou o novo aluno aos colegas e, enfim, pediu a Jorge que retirasse o violino do case comprado naquela mesma tarde numa loja de instrumentos usados na Santa Ifigênia. Quando Jorge retirou-o, os olhos do professor brilharam, ele chegou mais perto, tomou o instrumento de Jorge e, assustado, sussurrou:

— Você sabe o que está segurando?

— Um violino, respondeu Jorge sorrindo.

— Não! É muito mais que isso, é um genuíno Stradivarius, disse, exagerando no sotaque italiano. Jorge se assustou com o tom e o espanto do professor.

— Vamos lá — começou a explicar, pacientemente, o professor — Antonio Stradivari legou ao mundo os violinos mais perfeitos, tanto do ponto de vista acústico quanto no que se refere à beleza. Deu a cada pequeno detalhe um toque de refinamento, o que fez com que seu trabalho fosse reverenciado em toda a Europa. Stradivari fez seus melhores instrumentos por volta de 1700 a 1724, seu período áureo. Atualmente, existem, no mundo, cerca de seiscentos violinos de sua autoria. Hoje em dia, esses poucos são tocados pelos melhores violinistas do mundo ou estão em museus. E você me aparece aqui com um deles na mão, num case vagabundo desses? Você não tem responsabilidade?

Jorge não teve tempo de responder. O professor continuou:

— Possuir um violino Stradivarius é, seguramente, o maior sonho de todo executante desse instrumento de aparência simples, mas de extrema complexidade. O preço de um original desses gira em torno de 200 a 400 mil dólares, mas há quem diga que pode chegar a um milhão! Dizem que dos seiscentos violinos espalhados pelo mundo, apenas 250 deles estão em perfeitas condições de uso. No Brasil, ao que nos consta, existiam apenas três, na mão de colecionadores, e sem condições de uso. Enfeites. Peças raras de exposição. E você me aparece aqui com esse, em plena forma, pedindo para ser tocado? Não encoste suas mãos nele! Nós não somos dignos.

Jorge deixou o violino cuidadosamente na mesa. Ponderou que guardá-lo no case chinfrim poderia soar como uma afronta ao professor que continuou falando, agora em tom muito baixo, como se revelasse o maior segredo de toda a humanidade:

— Tenho certeza de que você não tem competência para tocá-lo, espero que ao menos tenha para conservá-lo. Não sei como esse tesouro foi parar em suas mãos, mas se isso aconteceu tem algum significado. É como ser escolhido, algo sagrado, divino. Entendeu?

No dia seguinte, Jorge procurou um antiquário especializado, indicado pelo próprio professor. Era uma loja no centro de São Paulo, um prédio antigo. Não havia nenhuma placa, apenas colecionadores e profissionais da música o conheciam. O homem avaliou por mais de uma hora, até concluir sua legitimidade:

— Você tem nota fiscal? Foi a pergunta.
— Não, respondeu Jorge.

— Nesse caso, pago quinhentos mil reais, disse o homem.

— Não está à venda, rebateu Jorge abraçando o instrumento e saindo da pequena loja às pressas, como se aquele lugar representasse uma ameaça.

Quando chegou em casa, Jorge contou toda história para a família. A mulher animou-se; naquele velho instrumento estaria a solução de todos os seus problemas. O filho mais velho fez planos:

— Podemos comprar uma casa maior, um carro importado.

A filha foi logo dizendo: pai, o senhor pode antecipar sua aposentadoria.

— Nada disso — gritou Jorge — Vocês ouviram a história dessa peça, não há dinheiro que pague essa obra de arte. Vou guardá-lo, é preciso conservar esse tesouro e quero que prometam que nunca irão vendê-lo por dinheiro nenhum, mesmo quando eu morrer, e se não se sentirem seguros para conservar tão bela história, que doem ao órgão mais competente a fazê-lo. Ninguém assumiu a promessa. Todos olharam desconfiados. O filho ainda sugeriu a mãe estarem diante de um caso de internação. A mulher ameaçou com a separação, ao que Jorge logo respondeu:

— Somos apenas simples mortais, nascemos e morremos para admirar a arte. Fazer parte da história é um privilégio divino concedido a um cidadão comum como eu, e não darei apenas meu casamento por isso, mas minha vida, se for preciso.

— Você pelo menos vai aprender a tocar? Perguntou a filha com ironia.

— Vou, mas não com esse, não sou digno, minha função para com essa raridade é outra. Sinto que sou uma espécie de guardião deste tesouro.

No dia seguinte, Jorge saiu mais cedo. Comprou um novo cadeado. Não muito maior que o antigo, para não levantar suspeita. Marcou o ponto antes das 7h, guardou o violino no armário do vestiário sem que ninguém percebesse e seguiu feliz para mais uma jornada de trabalho. Nunca havia trabalhado com tanta dedicação. Na fresa, o som da ferramenta afiada cortando a peça por fazer soava como música de violino. Foi se deixando levar pelo som da lixadeira em contratempo com o torno do amigo ao lado. A empilhadeira com seu tradicional apito de segurança dava o tom agudo, enquanto ele, cuidadosamente, deslizava a ferramenta da fresa pelo aço rígido emitindo um som único como que regendo aquela orquestra em diapasão.

Depois do expediente decidiria o que fazer para conservar a valiosíssima obra de arte, a qual a vida o presenteara para ser o responsável.

Domingos

Hoje, domingo, acordei sentindo o cheiro da casa do meu avô. Não sei definir ao certo esse aroma; uma mistura da lenha queimando no fogão, jabuticabeira, tijolos úmidos e antigos no barracão. As roupas de inverno do meu avô.
    A casa era a maior da rua, também a mais antiga, e isso era, sem dúvida, motivo de orgulho pra mim. Minha mãe dizia que a casa era velha. Na época isso me aborrecia. Pra mim, era como se quisesse afrontar o pai. Hoje sei que queria dizer antiga.
    Meu avô sentado na sala com pé direito de quase quatro metros, ouvindo a Voz do Brasil no rádio valvulado. Eu olhava para cima imaginando como faziam para trocar a lâmpada. Ela nunca queimou enquanto eu estava lá. Talvez porque raramente estava acessa. Pra ele não fazia nenhuma diferença. Seus olhos brilhavam na escuridão em que vivia. Meu avô via tudo o que acontecia em sua casa, no seu bairro, na sua cidade, no seu mundo.
    Apesar de cego, isso não diminuía o respeito que todos tinham por ele; não por sua altura, que foi diminuindo ao longo do tempo, mas por sua grandeza. Esse respeito também me deixava de certa forma orgulhoso. Durante todas as

vezes que visitei meu avô nossas conversas eram raras. Há pessoas com quem as falas são desnecessárias.

Naquelas manhãs de domingo, acordávamos no quarto do fundo. Minha mãe fazia todo o barulho possível para nos despertar; meu avô não gostava que dormíssemos até tarde. Às onze em ponto o almoço era obrigatoriamente servido. Seu prato de alumínio branco posto à cabeceira demarcava seu lugar. Todos deveriam estar na mesa esperando por ele. E minha avó, com toda sua bondade, escondia os pães para que pudéssemos tomar o café da manhã. Ele fingia não saber. E quando interrogava minha avó — que não sabia mentir de verdade — confirmava todas as respostas que queria.

Naquela mesa eu sentia algo estranho em relação à minha mãe, alguém a quem eu devia o respeito, e não que a desrespeitasse, mas era como se estivéssemos em igualdade, minha mãe, ali, era filha, assim como eu. Ela olhava para meu avô com desaprovação, um olhar frio, tenso, por vezes ela fixava os olhos nele e ia afastando a cabeça, com os braços apoiados na mesa, fincando as unhas na borda, quase empurrando a cadeira para trás... Eu o olhava com admiração. Não tinha ressentimentos. Não guardava comigo mágoas por coisas que não foram ditas no passado, muito menos arrependimentos por algo que não deveria ter falado em certas ocasiões, interditos para minha mãe. Eu vivia, naquele momento, o presente. Estar naquela casa era, para mim, o melhor que poderia acontecer nas férias de julho. Minha mãe não tinha férias de julho. Nunca teve. O mesmo quintal em que eu me divertia era para ela motivo de muito trabalho, em ambos os tempos. Meu avô nunca gostou de desordem. Eu bagunçava. Minha mãe não o desobedecia. A casa ficava sempre arrumada. Meu avô conferia cada objeto em seu lugar e eu adorava vê-lo vasculhar as coisas, tatear identificando-as. Minha mãe atrás, confirmando ou arrumando cada coisa em seu devido lugar e repetindo baixinho que meu avô sempre foi um chato. Três cegos.

Fato é que tenho saudades.

Saudades do barracão, do mamoeiro que avistava da porta da cozinha ao lado do fogão de lenha, da jabuticabeira, da máquina de costura, do pinico, do palanque, do poço e sua bomba manual, da mangueira, do rádio valvulado, dos móveis antigos. Saudade das minhas travessuras e das minhas travessias naquela casa. Descobertas. Encobertas. Saudades das pedras que meu avô vivia a mudar de lugar. Um tempo que não volta, das primeiras fantasias, das tristezas e das alegrias que ali vivi.

Andar pelo barracão era uma grande aventura. Serrotes, martelos, alicates, madeira. Muita madeira. Um sofrimento para minha mãe ter que entrar lá. Eu não conseguia imaginar meu avô capaz de bater em alguém. Minha mãe também não. Por isso não gostava de entrar lá. Aquelas malditas madeiras, malvadas a ponto de machucar alguém.

Muito mais tarde, depois da morte do meu avô, passei a perceber as coisas de outra forma. Outras descobertas que me apareciam de repente. Nessa época, por vezes, maldizia meu avô e era imediatamente censurado por minha mãe. Lembro que brigamos no dia em que a casa antiga foi vendida.

Agora, minha mãe também se foi. Não tive tempo de lhe dizer tantas coisas, outras, não disse por vergonha, medo. Mesmo depois de sua morte continuo sentindo esse embaraço. Tenho certeza de que ela, agora, pode ouvir e ver tudo o que se passa em meus pensamentos. Apago a luz. No escuro parece pior. Os mortos enxergam melhor no escuro. Acendo a luz para espantar os fantasmas. A morte está ali, sentada ao meu lado. Ela, minha mãe e meu avô. Meu coração dispara. Sinto que eles querem me levar. Colocar as conversas em dia. As divergências das três gerações se fundirão na vida eterna.

Saio correndo do quarto. Abro todas as janelas e portas. Vejo o sol. Sinto um alívio imediato. Estou a salvo por algumas horas, até a noite chegar.

Da janela, vejo dois mendigos cozinhando. O cheiro que sinto é da madeira queimando no terreno baldio, ao lado de casa. A saudade aperta meu coração como a tristeza de um domingo à tarde. Nunca gostei do domingo. Sempre amaldiçoei esse dia, mas agora minha mãe não está mais aqui para ouvir meus lamentos. Nem para defendê-los. Domingos são sagrados. Devemos guardá-los.

A menina e o homem

ESTOU com medo de ir para a escola sozinha. Foi o que ela me disse quando perguntei se não estava atrasada. Como poderia ter medo? Já estava com doze anos, ia para escola sozinha desde os oito. É tão perto. Nem um quilômetro por ruas tranquilas e sem movimento. Sem falar no sossego que uma mãe pode ter aqui. Há mais de quatro anos não temos notícias de um caso qualquer de violência, nem mesmo um roubo de chicletes na padaria.

Vai para escola sozinha sim! Onde já se viu uma coisa dessas? Medo? Às sete horas da manhã? Ora, faça-me o favor. Empurrei a menina à força na porta de casa e mandei-a ir para escola. Fiquei olhando até que ela dobrasse a primeira esquina.

Ao meio-dia, quando chegou, estava chorando. O que aconteceu? Foi o que perguntei.

Ela contou que um homem havia saído do bar do seu Alencar e a chamou oferecendo balas.

E você não aceitou, não é mesmo?

Aceitei — continuou ela, ainda soluçando — mas ele disse que só me daria as balas se eu fosse com ele até sua casa. Chegando lá ele me beijou a força. Depois me agarrou, beijou meu pescoço, veja as marcas. Ele abriu uma das balas, colocou na boca e pediu que eu a tirasse com um beijo. Ele me forçou, mãe, eu juro... Ele então me beijou e colocou a mão por dentro do meu vestido.

Olhei a pequena mancha vermelha em seu pescoço. Fiquei assustada.

Preciso saber quem é, onde mora?

Eu não sei.

Mas você não foi até a casa dele?

Fui, mas não lembro onde era.

No dia seguinte levei a menina para escola. Paramos em frente ao bar do seu Alencar. Perguntei se ele estava lá dentro. Nada. Fiz o mesmo no horário da saída quando fui buscá-la. Nada do tal homem. Foi assim durante toda a semana.

Na segunda-feira deixei que a menina fosse sozinha para escola novamente. Na hora da saída, nada dela chegar. Fiquei preocupada, esperei por quase duas horas, depois decidi ir até a escola. Nada da menina. Na secretaria informaram que ela esteve na aula no período normal e saiu no horário certo. Na volta, parei no bar do seu Alencar. Ninguém viu a menina. Corri para casa e lá estava ela, deitada no sofá de banho tomado.

O que aconteceu?

Encontrei aquele homem de novo.

Onde? Como? O que ele fez?

Ele me levou para o mato... Me pegou pela mão e me levou até aquele terreno atrás da escola.

E o que ele fez? Diga logo menina.

Ele me beijou e abaixou minha saia e tirou a minha calcinha e disse que ia guardar de recordação.

E o que mais ele fez?
Mais nada mãe.
Isso não pode continuar.
Peguei a menina pelo braço e levei-a até a única delegacia da cidade. O delegado registrou o boletim de ocorrência e abriu um inquérito policial. O escrivão tomou o depoimento da menina. Assustei-me com a descrição que ela deu:
Ele é alto e forte. Moreno, mas não negro. Tem cabelos lisos até os ombros. Olhos verdes. Uma tatuagem no peito e outra no braço. Usa um brinco de argola numa das orelhas. Está sempre de shorts curto, chinelos e sem camisa.
O delegado olhou ressabiado para o escrivão. Comentou algo sobre não se lembrar de alguém com tal descrição na cidade. Eu também nunca vira um sujeito assim no bar do seu Alencar, na maioria das vezes em que passo em frente, são sempre os mesmos que estão bebendo e jogando dominó por lá.
Voltamos para casa.
Quando a noite chegou, coloquei a menina em seu quarto para dormir e fui tomar um banho. Quando saí do banheiro ouvi gemidos vindos do quarto. Fiquei assustada, abri a porta devagar para que ela não percebesse. Tomei um susto quando vi minha menina nua na cama, gemendo e suando muito, contorcendo-se com as mãos a acariciar o próprio corpo.
O que está acontecendo aqui? Gritei.
Ela num susto puxou o cobertor e apontou a janela aberta:
Ele estava aqui mãe, acabou de sair pela janela nesse momento, eu juro!
Corri para janela, olhei a rua deserta iluminada pela luz da lua.

Planária

Não me lembro do dia em que nasci. Ninguém lembra. Isso não me interessa. O que vale é a data do registro. Diziam as más línguas e as irmãs que só fui registrado dois anos depois de ter sido abandonado na porta do orfanato. Isso também não me interessa. Eu só conto o que vale, portanto, tenho a idade que consta lá no documento.

O problema não é o dia do nascimento, o que realmente me preocupa é o dia da minha morte. Só em pensar que não tarda a chegar, fico tenso. Uma mistura de horror e ansiedade.

Nasci com problemas nas pernas e não conseguia acompanhar os outros meninos nas poucas horas de brincadeiras. Talvez por isso tenha me dedicado ainda mais aos estudos, que de nada me valeram durante toda a vida. A fragilidade de minhas pernas ao correr pelo pátio naquela época continuam me fazendo sofrer e, para piorar, agora, ainda estão tortas. Meus pés inchados, a coluna curvada e minhas mãos já não conseguem firmar nada. Sem ter o que fazer, passo os dias mastigando, como dizem as enfermeiras daqui, ouvindo Marinalva resmungar e arranhar no piano. Ela pensa que toca. Velhos sempre acham que sabem de tudo. Que executam tudo o que fazem com perfeição. Besteira. Ela não sabe nem falar direito, quanto mais tocar piano. Velha inútil. Velha feia. Velha filha da puta!

Quando criança, no internato, madre Custódia dizia que Deus colocava as coisas em nossa vida e naturalmente tudo ia se acertando. Comigo Deus nunca foi tão cuidadoso assim, as coisas sempre foram despejadas em minha vida. Assim estou até hoje, despejado aqui nesse valhacouto sujo e fedorento. Velhas cheiram a urina e fezes. Ranço. Marinalva é a pior de todas. Durante a noite fico de olho aberto no escuro, ouvindo os passos dela pelos corredores. Ela, sim, resmunga, tosse e cospe catarros verdes que secam e endurecem pela manhã. Trabalhão danado para limpar no dia seguinte. Os pernilongos também atrapalham o sono. Acordo sempre, todo vermelho, com marcas enormes pelo corpo. Com velho é assim, tudo aumenta. O sofrimento sempre é maior. Como eu gostaria de poder me lembrar da última felicidade que tive.

Todo dia, pela manhã, Marinalva diz a mesma coisa: que tem uma vontade tremenda de ir a Barbacena, sua cidade natal. Fazer uma última visita antes de morrer. Eu digo que ela já morreu, só não percebeu ainda. Ela pega a vassoura, o pano imundo e vai descolar os catarros do chão. Depois de passar uma água no pano, ela o estende no varal, caminha pelo jardim — que mais parece um matagal — rega as plantas, poda, corta as roseiras, varre as folhas secas e carrega-as até o lixo, então, ela chega para almoçar, mofada, fedendo suor e resolve se sentar bem ao meu lado. Eu me levanto e vou sentar na última mesa, lá do outro lado. Velha fedida. Velha filha da puta.

Semana passada acordei todo cagado. Não consegui sair da cama. As pernas tremiam. Meus joelhos latejavam. Logo apareceu Marinalva, cínica, suspendeu o nariz e fechou os olhos como quem sente o aroma da manhã. Merda! Ela riu. Chamou a enfermeira e ainda se propôs a ajudar. Eu recusei. Ela ficou. Queria vingança. Velha filha da puta. Enquanto a enfermeira fez o serviço, nada além da sua obrigação, Marinalva assistiu a minha ruína com ar de felicidade. Estendeu a mão suja de terra pra mim. Recusei. Depois que a enfermeira saiu, fui tomar um banho. As pernas já estavam melhores. Quando saí, lá estava Marinalva, sentada na cama, com aquele sorriso murcho. Perguntou se eu tinha forças para visitar o Lindomar. Fui contrariado. Ele fica o tempo todo deitado no seu quarto com as paredes cobertas de santos. Marinalva levou uma rosa e um papel com a imagem amarelada de Nossa Senhora da Boa Morte. Bem apropriado. Marinalva recitou uma reza enrolada e, segundos depois, Lindomar morreu. As enfermeiras chegaram: fecharam portas e janelas. Depois nos levaram para fora, como se não soubéssemos o que havia acontecido. Enfermeiras têm a mania de achar que velhos são crianças. Antes de entrar no meu quarto Marinalva pegou em minha mão e sorriu. Eu me desvencilhei. Velha filha da puta. Parece existir assim desde toda a eternidade. Teria tido infância, ou nasceu assim velha, feia, conformada?

Chorei a morte de Lindomar sozinho, trancado no quarto. Era um bom amigo. Há algum tempo que já não falava nem andava, mesmo assim ainda conversávamos muito. O melhor interlocutor que tive por aqui; eu falava e ele ouvia. Acho que ouvia. Se não, melhor ainda. Só não gosto mesmo é de falar sozinho. Podem achar que estou ficando louco. Falava com ele. Às vezes só pensava pra ele.

Durante a tarde Marinalva voltou. Cheirava a cachorro molhado. Disse que voltava do jardim. Com minha indisposição intestinal e a morte de Lindomar não teve tempo de cuidar das plantas pela manhã. Começou falando de Lindomar, depois, não sei como, chegou a uma sobrinha de Barbacena. Tomou a sopa comigo no quarto e concluiu o falatório lá pelas tantas da noite falando do irmão mais velho, comparando-o a mim. Eu ouvi tudo calado. Queria ser o Lindomar naquela hora. Oh mania de dar opiniões em tudo, meter a colher onde não é chamada. Cuidar da vida dos outros. Velha filha da puta. Quando ela saiu, muito mais por costume que por crença, rezei um padre nosso para a alma de Lindomar e compus um pequeno complemento no final: "Mais livrai-nos do mal, da morte e da Marinalva, amém".

Ontem, sentado no banco do jardim, enquanto Marinalva catava as goiabas podres caídas no chão, eu observava uma pequena lesma. Lenta. Assim como eu. Com respiração cutânea, assim como a dos velhos. Um bicho que anda sobre o abdômen, é sensível a luz e propenso a desidratação, assim como a maioria dos velhos. Alimentei-a com pequenos nacos de mortadela que guardei no bolso durante o café da manhã. Fiquei observando-a sugar lentamente, milímetro a milímetro o fiapo da camada plástica que reveste a mortadela. Que bicho individualista, assim como a maioria dos velhos. Nunca anda em bandos. Será a mesma de semana passada? Quem consegue distinguir as lesmas? Sem a certeza não poderia batizá-la. Até pensei em dar-lhe o nome de

Marinalva. Eis que a Marinalva, gente, surge chamando-me para dar uma volta.
— Desculpe, Marinalva, não posso!
— Por quê?
— Você sabe o quanto minhas pernas doem, além do mais, estou interessado naquela lesma — Respondi apontando o bichinho.
Ela balançou a cabeça. Talvez tenha pensado em chamar uma das enfermeiras. Acho que acabou esquecendo. Deve ser a idade. Quando passou pela portaria já não se lembrava do que fora fazer. E eu acompanhando seus movimentos, acabei perdendo de vista minha lesma.
Hoje, pela manhã, acordei meio enjoado. Dor no estômago. Ouvi o burburinho das enfermeiras e das velhas pelo corredor.
Marinalva morreu inesperadamente.
Involuntariamente chorei na cama. Não tive tempo de ver seu corpo, mesmo que sem vida, pela última vez. A família veio buscá-la. Nunca ligaram pra ela, abandonaram a mulher aqui há mais de quinze anos e agora, morta, nem deram tempo para que seus verdadeiros amigos lhe prestassem a última homenagem. Pela janela, vi o rabecão do IML indo embora.
Depois de um demorado banho, vim para o jardim. Não tenho nada para fazer. Não tenho com quem conversar. As roseiras estão tristes. As folhas secas abandonadas ao vento. Olho rapidamente para as goiabas caídas ao chão. Por instantes tenho a impressão de que Marinalva estaria ali para catá-las. Vejo um rastro de musgo no chão. A lesma segue sua vida lenta e sem graça. Vou até a cozinha e volto com o saleiro. Jogo pitadas sobre o seu corpo úmido. Vejo-a der-

reter. Sobra apenas uma gosma amarelada no chão. Choro sem querer. Muito mais por costume que por crença, rezo um padre nosso para alma da lesma. Caminho solitário pelo jardim. Uma tristeza tamanha sem explicação. Lesma filha da puta!

Lembranças

ALGUMAS lembranças, mesmo as mais longínquas, me parecem tão recentes. Minha mãe na máquina de costura. Na maioria das vezes calada. Em dias mais amenos, assobiando. Nos poucos dias de alegria, cantarolando uma canção que, naquela época, já era antiga. Eu e meus irmãos brincando no quintal enquanto Luzia, a mais velha dos quatro, lavava as roupas no tanque ou as pendurava no varal... Luzia não me vem bem à memória. Convivemos pouco. Eu era o caçula e ela logo se casou e saiu de casa. A única coisa que me lembro dela é que durante todo o tempo em que morou conosco estava sempre ocupada com alguma tarefa doméstica. Nunca tinha tempo para brincar. Papai dizia que ela já estava muito crescida e precisava se ocupar.

Ficávamos no quintal até a hora do papai chegar. Nem bem começava a escurecer e entrávamos todos para tomar banho. Por ordem de idade. Vez ou outra barganhava com um de meus irmãos. Bom mesmo era quando todos me pediam para ir na frente. Ganhava a sobremesa dos três. Escondido do papai, é claro. Ele não podia saber de nossas negociatas. Não admitia esse tipo de coisa nem na rua, quanto mais dentro de casa.

Papai entrava sem falar com ninguém. Ia direto para o chuveiro. Quando atrasávamos na fila do banho e ele chegava, sempre na minha vez, era couro, nos quatro. Mas papai raramente nos batia, só mesmo quando havíamos feito por merecer. Papai sempre foi muito justo.

Depois do jantar, enquanto Luzia lavava louça, nós sentávamos no degrau da porta da sala para ouvir as histórias de papai. Cada dia uma história nova. Nunca repetia. Foram tantas. Uma melhor que a outra. Eu fechava os olhos e às vezes até os ouvidos nas piores partes. Eram histórias de terror ou de briga, guerra. Papai nunca contou uma história de amor. Essas, só minha mãe contava, mas durante o dia. Papai não podia saber. Ele dizia que essa coisa de amor foi inventada para os fracos que sobrevivem de ilusões.

Só depois das histórias é que papai e minha mãe conversavam. Sempre no quarto, sozinhos, de portas fechadas, e nós não podíamos nem chegar perto da porta. Dor de cabeça, de garganta, de ouvido, sonhos ruins, pesadelos, todas essas torturas noturnas tinham que ser socorridas por Luzia.

Aos sábados, papai chegava mais tarde. Trabalhava até o meio-dia, mas a tarde era dele, como ele mesmo dizia. Uma vez ouvi minha mãe dizendo para Luzia: hoje é dia de o seu pai chegar daquele jeito, bêbado, sujo, insuportável. Eu nunca vi. Papai sempre chegava muito tarde e nós já estávamos dormindo.

Aos domingos, papai nos levava ao cinema. Minha mãe e Luzia ficavam em casa. Era dia de almoço especial. Elas levavam quase o dia todo para preparar. Vez ou outra, dependendo da comida, começavam no sábado à noite. Papai era quem escolhia o prato. Depois do cinema passeávamos no centro da cidade. Papai nos comprava pipoca e sorvete. Depois nos deixava correr e brincar pela praça central, enquanto ele jogava cartas com uns amigos que encontrava por lá. Tinha dias, dependendo da alegria que papai saía do jogo, nos comprava até brinquedos e roupas novas. Em outros, saía do jogo tão nervoso que nos fazia ir a pé até em casa. E ai de nós se durante a caminhada olhássemos para um ponto de ônibus que fosse. Era difícil, no percurso todo devia ter mais de trinta. Nesses dias, chegávamos sempre atrasados para o almoço. Minha mãe olhava melancólica. Mas ele logo a levava para o quarto e conversava com ela por cinco minutos, no máximo. Depois estávamos todos na mesa almoçando e sorrindo juntos. Menos minha mãe. Ela estava sempre triste. Depois do almoço de domingo papai entrava no quarto sozinho. Era hora do sono da tarde. Papai dizia que isso também era sagrado. Papai tinha essa mania de dizer que as coisas eram sagradas. O futebol era sagrado. À tarde de sábado era sagrada. O jogo de cartas na praça aos domingos e na casa do Amadeu as quartas eram sagrados. Na quarta também não víamos papai chegar. As sextas, papai ia para o baile. Isso era outra coisa sagrada pra ele. Minha mãe não ia. Acho que não gostava de dançar. Às sextas também não víamos papai chegar. Minha mãe só ia para igreja. Ela e Luzia. Aos domingos, enquanto papai estava dormindo. Apesar da mania de dizer que as coisas eram sagradas, papai não gostava da igreja. E nem das mulheres que frequentavam a igreja. Não deixava minha mãe falar com elas. Dizia que eram más companhias, que só sabiam falar mal dele. E isso era verdade. Eu mesmo cheguei a ver uma vez. Contei para o papai. Naquele dia ele brigou muito com minha mãe. Saiu de casa e só voltou dois dias depois.

Nesses fins de tarde de domingo, enquanto papai dormia, nós brincávamos na rua. Ele não gostava que ficássemos dentro de casa. Vez ou outra a dona Maria, nossa vizinha, ia até lá visitá-lo. Ela sempre levava um bolo, um doce. Minha mãe não gostava dela. Não conversavam. Numa dessas noites de domingo, quando voltamos da rua, papai, minha mãe e a dona Maria estavam brigando na sala. Papai estava tão nervoso, mas tão nervoso, que nem deve ter percebido, estava só de cuecas. Naquele dia papai saiu de casa e nunca mais voltou. E eu nunca mais perdoei minha mãe por isso.

Ela

DONI abriu a porta e ela nem percebeu, estava ao telefone e combinava algo sobre uma festa na noite seguinte. O copo de uísque, sem gelo, descansava no chão, ao lado de seus pés descalços. Ele continuou calado, observando-a de costas. Fechou a porta devagar. Ela continuou falando com entusiasmo até despedir-se com um beijo estalado ao telefone.

Quem era? Foi só o que ele perguntou.

Ela virou-se lentamente, apertou o cinto do roupão, abaixou-se para pegar o copo e deu um longo gole. Em seguida acendeu um cigarro. Apenas um amigo. Foi a resposta. Ela bebericou novamente.

Um amigo homem?

Que diferença isso faz?

Pra você nenhuma, não é mesmo?

Ela não respondeu. Levantou-se, abriu o roupão, soltou os braços e deixou-o cair. Içou um pé, depois o outro, como se saísse de dentro do pano caído. Doni vacilou por alguns instantes contemplando as unhas vermelhas, depois correu para fechar a cortina. Ela sorriu e caminhou até o banheiro escorando-se pelas paredes. A brasa do cigarro caiu, deixando uma nova marca entre tantas outras no carpete. Ela abaixou-se e com a ponta do cigarro pegou a brasa ainda acesa. Deu uma longa tragada e o largou no cinzeiro.

Enquanto aguardava a lasanha congelada ficar pronta, Doni esvaziou os três cinzeiros e o copo de uísque que estava sobre a pia. Colocou o lixo para fora. Lavou as louças acumuladas.

Depois do jantar, tentou ler um romance. Não conseguia se concentrar, o barulho do chuveiro o incomodava.

Você não vai sair desse banho? Gritou, sem resposta. Levantou com raiva, abriu a porta que ela nunca trancava. Viu-a sentada no chão. A água transbordava para fora do Box. A cabeça encostada à parede, as pernas esticadas, a coxa direita tapava o ralo. Os pés apoiados na parede de frente, escoravam o resto do corpo. Uma mecha do cabelo caía sobre os olhos. Ela continua linda, pensou num breve intervalo da raiva, que passou a dar lugar a um sentimento de piedade. A porta do banheiro perturbava Doni, como se mais alguém estivesse à espreita do lado de fora.

Por quê? Perguntou enquanto a despertava e tentava em vão colocá-la de pé.

Você é um babaca, Donizete! Ela disse com a voz embargada numa mistura de embriagues e tristeza. Ele não respondeu. Odiava quando ela lhe chamava pelo nome. Desde criança não gostava do nome escolhido pela mãe, em homenagem a um cantor sertanejo. Só suportava que seus pais e alguns amigos de infância o chamassem assim, ou no trabalho, mas ela... Ela nunca o chamava pelo nome, só quando estava muito irritada, ou quando queria provocá-lo. Ensaboou-a, tocou de leve em seu sexo. Sem querer, sentiu o seu enrijecer no mesmo instante por baixo da calça, já molhada.

Ela percebeu, tentou tocá-lo, Doni afastou sua mão, desligou o chuveiro e passou a enxugar seu corpo. Vez ou outra deixava a toalha soltar de uma das mãos, que ele deslizava por seu corpo até encontrá-la novamente. Ela sorria. Nos olhos dele, lágrimas que não escorriam.

Doni voltou ao livro, estava sentado no sofá, em frente à tevê ligada sem volume. Perdia a concentração e retornava a página anterior toda vez que ela passava do quarto para a cozinha, sempre nua.

Por que não se veste logo, ou ao menos coloque o roupão? Ela não respondeu. Trancou-se no quarto. Depois de alguns minutos, a porta se abriu, ela passou mais uma vez em direção à cozinha, outra vez nua e agora com uma maquiagem carregada. Doni se levantou, foi correndo verificar se a janela da cozinha estava fechada. Não estava. Tomou à frente da mulher e a fechou com desespero. Ela o empurrou, abriu a janela novamente e respirou fundo como se puxasse o ar que vinha de fora. Encarou o velho do apartamento da frente, que fingia não vê-la. Ela soltou uma gargalhada. Olhou para Doni e falou sorrindo: Venha me chupar, é isso que ele quer assistir. Tire a roupa para que ele possa te ver também, garanto que vai excitá-lo muito mais. Homens como esse velho babaca não se excitam apenas com a visão de uma mulher nua, precisam de algo mais. É do tipo que não compra uma revista de mulher pelada, deve preferir aquelas de sacanagem, em que homens negros, fortes e bem-dotados comem uma loirinha pós-adolescente. Doni encarou e xingou o vizinho, que balançou a cabeça como se reprovasse a atitude, fechando a janela. Doni também fechou a sua com um estrondo. Ela riu, apalpou seu queixo dizendo: bobinho! E saiu em direção ao quarto.

Mais uma vez Doni tentava se concentrar na leitura. Ela apareceu na sala, agora com um vestido preto curtíssimo e decotado, que no menor movimento do braço deixava à mostra parte do seio. As sandálias da mesma cor realçavam ainda mais o esmalte vermelho.

Onde pensa que vai? São onze horas, amanhã acordo cedo. Tenho que trabalhar, está lembrada? Alguém tem que sustentar esta casa, suas bebedeiras, seu cigarro. Essa merda toda!

Por que não vai embora?

Você não sobreviveria um dia sem mim!

Tem certeza, não seria o contrário?

Tenho que acordar cedo amanhã!

Você acorda cedo, eu não. Você trabalha. Eu não! Ela continuou, com a voz amena: Lembra quando saíamos todos os dias da semana? Chegávamos de madrugada, você tomava um banho e depois ia direto para o trabalho.

Eram outros tempos...

Você parece um velho de trinta e cinco anos.

E você parece uma adolescente de trinta e quatro.

Vamos sair! Beber alguma coisa, dançar, trepar na rua...

Você bebeu o dia todo!

Mas não dancei... Por falar nisso, quanto tempo não trepamos? Um mês, dois? Já perdi as contas... Nem me lembro da última vez...

Foi há dois dias! E você nem se lembra mais? Perguntou Doni nervoso.

Pra você ver como foi intenso...

Cala a boca! Você não vai sair por esta porta. Se sair, não precisa voltar.

Tchau. Fui.

Não vai usar drogas, por favor! Ele gritou enquanto ela batia a porta, já do lado de fora.

As seis em ponto, o relógio despertou. Doni olhou para o lado. A cama vazia. Ouviu o barulho do chuveiro. Esperou deitado. Ela apareceu na porta do quarto, nua, caminhou até a cama, cabeça baixa, deitou-se ao seu lado. Doni levantou-se. Enquanto tirava o pijama, ela tentava puxá-lo para cama, agarrou em suas pernas, ainda teve tempo de encostar levemente a boca em seu sexo. Ele a afastou sem qualquer expressão: Estou atrasado, por sua culpa.

Eu te amo, ela disse.

Ele não respondeu, vestiu a roupa e saiu para o trabalho sem se despedir.

Ela não conseguiu pegar no sono. Chorou até às onze da manhã, quando tomou a primeira dose do dia.

Amanhã, outro dia

Como sempre ele acordou cedo, tomou seu café, abriu a janela e foi até o portão para contemplar o cenário que a cada dia se alterava um pouco, tão pouco que só se dava conta, espantado, no final de cada ano; era uma casa antiga que desaparecera uma nova que se erguera, vizinhos desconhecidos, novos transeuntes, a terra que fora coberta pelo calçamento de pedras e que logo depois foram substituídas pelos paralelepípedos, depois a cobertura de asfalto pintado com faixas brancas e amarelas... O botequim do Jorge se transformou na mercearia do Jorginho, surgiu a padaria, o bazar, avícola, açougue, a alfaiataria que virou boutique, carroças sumiram, apareceram caminhões carros, ônibus, lojas, escritórios, prédios residenciais, comerciais, supermercado se transformou em hipermercado, por fim se tornou vizinho de uma churrascaria da qual acabou ficando amigo dos manobristas e garçons...

Naquele dia, há pouco mais de trezentos metros, começavam as obras de um grande Shopping — Espantou-se com o barulho da construção, nunca vira tanta gente trabalhando numa mesma obra; caminhões que faziam o cimento na hora. Pela primeira vez viu um helicóptero de perto, mas seu espanto era pequeno, se comparado ao dos operários novos que por ali chegavam e se deparavam com aquele senhor apurado, de chapéu, bengala e relógio de bolso parado em frente ao casarão centenário, único remanescente de um tempo em que os vizinhos mais próximos moravam a algumas centenas de metros, mas pareciam muito mais próximos uns dos outros...

No imenso quintal: pomar com jabuticabeira centenária, mangueira, goiabeira e dois limoeiros de onde, até hoje, ele colhia os frutos para a caipirinha aos sábados — Ao lado do pomar, um galinheiro vazio, assim como o chiqueiro totalmente desabitado, de onde não restara nem o cheiro — No fundo, o poço com a bomba manual enferrujada, agora sem uso, testemunhava a força do braço fraco apoiado no portão de madeira — O olhar cansando, fraco e firme ia longe, os olhos enxergavam em detalhes as modificações em cada metro quadrado daquela rua, o pensamento revia como eram antes, quando se conheceu por gente nesse mundo... Só sobrara sua casa e ele não entendia como isso era tão assombroso aos olhos alheios...

A casa foi construída por seu pai, assim que chegou da Itália, poucos anos depois, ele nasceu; filho único, mas cheio de irmãos que chegavam e saiam, apareciam e sumiam... Naquele quintal deu seus primeiros passos; andou, correu, subiu em árvores, caiu, machucou, chorou, curou-se, sorriu... Ali descobriu a mocidade: jurou mentiras e desdenhou de verdades... Amou, sofreu, perdoou e ofendeu... Ali pediu e agradeceu, plantou e colheu... Naquele quintal enterrou tesouros, besouros, brinquedos e muito mais tarde, seus pais...

Nunca se casou, apesar de tantas namoradas, como ele mesmo dizia: opção — Não dele, do destino...

Naquela sala, em companhia das suas lembranças, fez festa, dançou, bebeu, amou, brigou, fez novena e quaresma, ceou nos dias de natal, pulou carnaval...

Apesar de tantas propostas, nunca vendeu a casa, jamais cedeu as pressões dos grandes negociantes, não os recebia nunca e quando se aproximavam se fazia de caduco, o que era, além de tudo, sua diversão mais assídua nos últimos anos...

Naquela tarde um homem de terno e gravata, como tantos outros, parou diante dele, disse que tinha uma proposta tentadora e a enviaria por escrito, ele não respondeu...

Naquela noite recebeu, sim, uma mensagem, era seu coração, sabia — tinha certeza — Trancou a porta, como sempre fazia, mas, dessa vez não guardou a chave na caixinha de música, herança de sua mãe, naquela noite guardou a chave no bolso, junto ao relógio...

Naquela madrugada vestiu seu melhor terno, preparou um jantar especial no fogão de lenha, não lavou a louça... Puxou uma cadeira próxima ao calor do fogão, abriu a melhor garrafa de vinho dentre as poucas que tinha e tomou-a até o fim.

A pura, vida

AQUI ninguém arruma nada. Tá sempre precisando duma melhoria, mas o síndico é um filho da puta que só quer roubar o dinheiro do condomínio. Se é que se pode chamar esse pombal de condomínio. Mas é assim mesmo. Eu também se fosse síndico ia roubar pra caralho. Já me chamaram uma vez e eu disse que não queria ser candidato de porra nenhuma. Pra essas coisas de política não levo jeito. Num tenho paciência pra resolver na conversa. No meu tempo era na porrada e quando na mão não dava jeito eu tinha com quem contar pra fazer o serviço sujo. Agora tô velho. Também não gosto de me meter na vida dos outros. O mundo é dos espertos. E o que mais tem aqui na COHAB é esperto, depois de mané, é claro. Pra cada dez manés têm sempre três ou quatro espertos e é por isso que o mundo não tomba.

Eu já fui mané e já fui esperto, hoje sou só um velho que depende da filha pra viver. E pensar que no começo eu até falei em colocar a menina pra fora de casa. Hoje, mais experiente, aprendi a lidar com a lei da sobrevivência sem pensar muito.

Agora tô aqui, preparando o café da manhã pra minha filha que vai chegar do trabalho. Vou assar esse bolo e fazer o café forte do jeito que ela gosta. Vai chegar, comer e dormir. Ela merece descanso. Trabalhar a noite inteira não é mole não.

Lembro que no início, logo que Maria Joana — hoje ela prefere ser chamada de Mary Jane — começou nessa vida, eu ficava nervoso, brigava e dizia que filha minha não faria isso, que minha família era de respeito... Quanta bobagem. Respeito porra nenhuma. Esse negócio de respeito acabou faz é muito tempo. O mundo tá tão mudado. Pra ser sincero tenho é orgulho da minha menina. Criei essa moleca sozinho. A mãe, aquela vadia, foi embora de casa quando a menina tinha seis anos. De lá pra cá, com a ajuda de alguns vizinhos, criei a garota como deus quis e o diabo deixou. Que se foda. Importante é que agora tá aí, só orgulho. Chega todo dia com um presente... Ontem me trouxe uma camisa da seleção. Anteontem foi uma carteira de couro. Isso porque tá com vinte e dois anos só, heim?! Eu vivo falando pra ela: minha filha; faz logo seu pé-de-meia, porque essa carreira costuma ser curta. Ninguém aguenta muito tempo. Muita preocupação na cabeça. Ter que lidar com todo tipo de bandido, inclusive os fardados. Todo cuidado é pouco. Pra alguns. Já viu alguém acima dos cinquenta nesta profissão? Difícil. Ou vira patrão de vez, ou sai do ramo. A idade quando chega é foda. Eu mesmo não aguentaria essa correria toda.

Ouvi o barulho da chave na porta. Abri logo o sorriso... Com cuidado pra não deixar à mostra os dois pivô que me falta... Mas isso é passageiro. Mary Jane já falou que logo mais vai me levar no dentista... Coisa de primeira. Num vai ser nesse posto vagabundo da prefeitura que o pessoal daqui costuma arrancar os toco de dente, não. Doutor mesmo. Com luva cirúrgica, máscara e tudo. Coisa fina.

Ela entrou e como sempre deu um beijo na minha careca. Tomou um banho e voltou pra tomar seu café. Perguntei como foi a noite. Ela sorriu e tirou um pequeno embrulho da bolsa: é pra você.

Abri.

Um cordão de ouro maciço.

Agradeci quase chorando.

Conversamos pouco. Quando ela chega tá sempre cansada, mas ainda perguntou se alguém tinha ligado. Eu respondi a verdade: só um tal de João Nascimento. Ela fez cara de que não tinha importância.

Às vezes fico pensando o que seria de mim se não fosse essa menina. Ela chega tarde todo dia, dorme pouco, levanta, faz um montão de ligação e à tarde sai pra trabalhar.

Passei a manhã olhando na janela. Os moleques jogando bola na rua. As velhas voltando da xepa na feira. Os cachaceiros indo pro bar. Os nóia viciado fumando pedra atrás do muro da escola. Tudo exatamente como todo dia. Tudo exatamente como tem que ser.

A menina acordou perto do meio-dia. Perguntou se eu estava bem, se preferia comer um frango assado da padaria ou esfihas do Habbib's. Prefiri o frango. Não sou chegado em fastifudi. (Essa palavra aprendi com ela).

Ela saiu e voltou com o frango e dois pacotinhos de farofa amarela.

Comemos juntos na mesa nova de dois lugares comprada ainda ontem, junto com o fogão. Enquanto a gente almoçava, ela disse que quando terminar de pagar o carnê vai comprar uma televisão dessas de tela plana grandona pra mim.

    Enquanto eu limpava a mesa ela deitou no sofá pra descansar. Esperei até as quatro pra acordar ela e dizer que tava na hora. Como eu queria poder ajudar mais, mas não posso, sou só um velho de muleta aposentado por invalidez. O que eu posso fazer, senão ajudar no que for possível?

    Minha menina levantou disposta. Escolheu uma roupa bem bonita. Fez a maquilagem e colocou as lente de contato azul, como sempre. Linda, a minha menina. Quando ela saiu do quarto daquele jeito; com óculos escuros de grife, de tamanco alto, minissaia e topzinho deixando a barriguinha com tatuagem e pircim de argola e todo aquele par de pernas à mostra, pensei; é hoje que nego tem um troço na rua. Despedi dela e como sempre pedi que tomasse todo cuidado. Ainda fiquei olhando da janela e dei um tchau quando ela olhou pra trás. Ela sabe que gosto de ver minha garotinha andar de cabeça erguida, rebolando e exibindo seu belo corpo pela COHAB, ainda pensei: coitada, tanto trabalho pra sustentar a casa. Mas hoje é assim mesmo. Não existe mais esse negócio de trabalho de homem e trabalho de mulher. Agora toda profissão é unissex. (Essa palavra também aprendi com ela).

    À noite acordei assustado com o telefone. Já passava das duas da matina. Era minha menina perguntando se podia levar um cliente em casa. Respondi que sim. Não gosto quando ela faz isso, mas de vez em quando é preciso. Ossos do ofício, como ela diz. Com certeza era negócio grande. Freguês bom.

    Chegaram rápido. O cara era estranho pra mim, com certeza não era da vila. Cheio de corrente de ouro no pescoço.

Cumprimentei com um aceno e desci. Não gosto de ficar dentro de casa quando minha filha tá trabalhando.

Enquanto esperava, passaram dois bêbados, um travesti que faz ponto na avenida e duas viaturas; um Corsinha da Ronda Escolar com um casal de policiais e uma Blazer da Tático com quatro meganha. Em pouco tempo o cara desceu carregado. Mochila cheia. Bateu nas minhas costas e agradeceu. Eu, generoso que sou, ainda avisei: vai pela rua de baixo; uma viatura dos coxinha e uma tático já subiu por aqui. Hoje tá moiado. Mas não esquenta. Se precisar de mais pó ou pedra, é só ligar pra Mary Jane. Aqui é da pura.

Quando subi, Mary avisou que o expediente estava encerrado. O homem levou toda a mercadoria da noite. A casa estava limpa, sem flagrante. A noite linda lá fora. Dinheiro no bolso. E minha filhinha, de tão contente e cansada que tava, tirou o tamanco, a minissaia e a blusa, tirou também as lente de contato e deitou a cabeça no meu colo fechando os olhinhos... E eu, todo feliz, fiquei ali, acariciando os cabelo da minha menina, admirando um desenho infantil estampado na sua calcinha nova. O que mais eu podia querer?

A diagrafia de João da Silva

NAQUELA manhã de sexta-feira, ele dormiu até mais tarde. Precisava descansar para estar bem disposto à noite. Vestiu o terno branco, calçou os sapatos de cromo alemão e pegou o chapéu. Saiu e conferiu se havia trancado a porta dos fundos. Todas as poucas coisas que tinha naquele quarto e cozinha eram para ele muito valiosas. Algumas relíquias de quando era jovem; o ingresso do jogo de 77, os discos e fitas de sambas antigos, as cartas de amor e as fotos de namoradas, a fantasia do ano em que a escola subiu para o grupo especial, a foto de seus falecidos pais e de seus dois filhos, que não via há mais de dez anos, o taco de sinuca, tantas vezes campeão, a foto autografada dele ao lado de Adoniran e a aliança de bodas de ouro de sua mãe, que por tantas vezes pensou em vender nas horas de maior aperto. O resto eram móveis velhos e alguns eletrodomésticos sem a menor importância.

Entrou no banco lotado e pegou a fila. Alguém sugeriu que ficasse no local reservado aos idosos. Não se deu ao trabalho de explicar. Preferia ficar na fila comum. Conversar com as pessoas. Observar as mulheres. Desdenhar dos homens apressados. Contar histórias ao office-boy. Quando chegou sua vez, entregou o cartão e o documento de identidade. Conferiu o dinheiro, guardou-o no bolso do paletó e saiu despedindo-se galante da mocinha do caixa, que já o conhecia pelo nome.

Parou no velho botequim dos tempos em que trabalhava na fábrica de papelão que já não existe mais. Pediu o prato mais caro e tomou duas cervejas. Ficou por ali, esperando alguém se aproximar da mesa de bilhar. Alguns garotos chegaram. Pediram algumas fichas. Não perderia seu tempo ganhando de crianças. Pediu uma bebida mais forte. No fim da tarde os trabalhadores dos arredores entraram no bar para beber e jogar. Ficou por perto observando como que se pedisse com os olhos para que lhe desafiassem. Fazia um ou outro comentário sobre as jogadas. Sorria tímido quando alguém ria de uma ou outra piada sem graça. Puxou conversa, depois puxou um taco como quem não quer nada, alisava-o, passava giz na ponta, até que um dos homens o convidou para uma partida. Aceitou tentando demonstrar desinteresse. Pediram cervejas. Brindaram como amigos. Deixou que o homem ganhasse a primeira. Deu mais trabalho na segunda, mas entregou o jogo novamente. Na terceira venceu por pouco. Empatou o jogo na quarta partida. O competidor fez o desafio que ele tanto esperava: "a última valendo as fichas e as cervejas". Só então mostrou seu jogo. Amarrou a vitória, defendia com as cinco na mesa, o adversário, apenas uma. Os outros olhavam espantados ao redor, admirados com a destreza do velhote no taco. O jogo da paciência. O oponente estava entregue, não conseguia mais se concentrar e por vezes entregava o jogo na tentativa de acabar logo com aquele sofrimento. E quando o outro conseguiu, sem querer, uma boa defesa, ele liquidou a fatura. Venceu fácil. Lambreta.

Com uma última tacada que só João Antônio seria capaz de escrever. Perguntou se havia mais algum desafiante. Todos calados. Saiu sorrindo. Gostava de comprovar sua boa forma.

Começava a anoitecer. Procurou o número de telefone no bolso do paletó. Parou numa banca de jornal e comprou um cartão telefônico, um carrinho de ferro e uma biografia de bolso do Cartola. Depois passou numa loja de bijuterias e comprou um par de brincos. Mandou embrulhar para presente. No telefone público discou o número que tinha nas mãos. Ouviu pacientemente as broncas de Alzira repetindo que ele não deveria ligar na casa da patroa. Só tinha lhe dado o número para uma eventual emergência. Brincando a fez esquecer de que não era a dona do telefone. Convidou-a para sair. Passaria em sua casa às nove.

No ônibus leu, sem concentração, os primeiros capítulos do livro. Quando desceu, conferiu as horas no relógio da padaria. Chegou antes do horário combinado. Tomou mais uma cerveja e uma quente para desinibir, comprou cigarros de filtro branco e balas de hortelã. Ocasião especial. No horário marcado seguiu pelas vielas de terra até a casa de Alzira. Bateu palmas. O menino abriu a porta do casebre de madeira e veio correndo, descalço. Ele se afastou com cuidado para que o moleque não lhe sujasse o terno. Entregou-lhe o carrinho. Alzira apareceu na porta e o neto foi logo mostrando o presente. Ele cruzou cuidadoso o quintal de terra e tirou o pequeno embrulho do bolso. Esse é pra você. Quero que use hoje. Alzira sorriu. Convidou-o para entrar enquanto terminava de se aprontar. Ele esperava contrariado enquanto dividia a atenção entre a tevê e o garoto. Alzira fazia hora para que a filha chegasse. Não deixaria o menino sozinho.

Quando a moça, enfim chegou, ele sentiu o alívio em sair e o desconforto pelo olhar da jovem que passara sem dizer qualquer coisa. Pediu a Alzira que guardasse seu livro; pegaria na volta. Saíram.

No ônibus, pagou as passagens. Não queria passar pelo constrangimento de apresentar a carteira de idoso na frente de sua acompanhante. Chegaram ao baile antes de a porta abrir. Um pequeno grupo de pessoas aguardava na calçada. Convidou Alzira para jantar enquanto esperavam. Num pequeno restaurante da Avenida Brigadeiro Luiz Antônio, comeram pizza e tomaram uma garrafa de vinho de preço médio entre as opções. Não entendia de vinhos.

No salão de baile tomaram cerveja em copos de papelão e dançaram a noite toda. Quando saíram, já era madrugada. Não havia mais ônibus. Alzira aceitou, contrariada, o convite para passar a noite num pequeno hotel do centro da cidade.

Antes de o sol nascer tomaram café expresso e pão com manteiga na padaria ao lado. Ela queria chegar em casa antes da filha acordar. Ele a acompanhou. Novamente pagou pelas passagens. Despediram-se no ponto de ônibus. Alzira achou melhor que ele não entrasse na favela, não queria correr o risco de que a filha a visse chegar com um homem na manhã seguinte. Para ele, disse apenas que não tinha necessidade, já era dia claro, estavam cansados... Esperou até que ela desaparecesse nas estreitas vielas. Retirou do bolso as únicas moedas que sobraram da maravilhosa noite. Sorriu. Conferiu que não eram suficientes nem para mais uma passagem. Por um momento pensou em voltar caminhando. Depois ponderou e resolveu pegar a condução de volta. Dessa vez, voltou a utilizar o benefício que a idade lhe proporcionava. Sentou no último banco e sonhou com o mês seguinte; com o dia em que novamente receberia sua aposentadoria e poderia aproveitar como ontem. Voltaria à casa de Alzira sem ligar antes, com a verdadeira desculpa de buscar a biografia do Cartola.

Antes do casamento

No INÍCIO não havia qualquer intenção. Quando ela se mudou para o apartamento em frente, tinha apenas quatorze anos. A mãe era evangélica, frequentadora de uma daquelas igrejas onde mulheres, na maioria, são desleixadas, só podem usar saias e tem cabelos compridos com fios esbranquiçados e presos em rabos de cavalo e acreditam em tudo o que pastor diz. Tinham acabado de vir de uma pequena cidade do interior.

Nossas janelas davam frente e, ao cair da tarde, sem a luz forte do sol, podia ver todos os movimentos no apartamento vizinho.

Ela vivia o bom da vida, e mesmo com o corpo em formação adiantada nada mais era do que uma criança. Estava num estágio de mudança de comportamento. Os cabelos castanhos claros, beirando o louro, os olhos levemente azulados e ingênuos, ao mesmo tempo se faziam persuasivos.

Logo que mudaram, sua mãe batia a minha porta para oferecer bolos, doces e outras guloseimas, que fazia como ninguém — um dom divino, dizia ela. Eu confirmava que estavam maravilhosos, dos deuses, e ela sempre me corrigia, dizendo que Deus era um só. O Rocambole de coco era o meu preferido, aquele recheio molhado com pedaços frescos ralados que derretiam na boca. Exatamente como ela os descrevia ao me presentear. Eu comia com tanto prazer que a velha por vezes saía logo de perto, como se me repreendesse em silêncio pelos dois pecados; o da gula e o da luxúria. Mas, às vezes, ela também batia à porta para reclamar com toda calma e certo embaraço, do som alto que eu teimava em ouvir depois das dez horas da noite. Eu, claro, respeitava aquela jovem senhora desligando o som, sem me perturbar, ao contrário, até com certo respeito materno, afinal, mesmo no auge dos meus quarenta e seis anos, ainda sentia a falta da mãe, que perdi poucos dias depois de nascer. Não me lembro bem da figura de minha mãe. Tenho recordações remotas das poucas vezes em que tentava, em vão, sorver o leite materno que tanto faltava em minha genitora. Meu rosto colado aos seus seios é só o que me vêm a memória. Alguns parentes disseram que eu não sobreviveria. Talvez não tivesse mesmo sobrevivido se não fosse por dona Célia, uma boa alma, que foi por mais de um ano, minha ama de leite. Dessa que me amamentou lembro bem, foram quase três anos e tenho certeza de que seus seios não eram tão lindos quanto os de minha mãe.

 Quando cresci, cansado de aguentar meu pai sempre bêbado, resolvi fugir de casa. Consegui um abrigo na casa de um tio, que me proporcionou estudo, comida e roupa lavada, e aos dezenove anos, já empregado, pude cuidar da minha vida, morar e me sustentar sozinho, até conseguir comprar este apartamento.

Dois anos depois da mudança, ela já não tinha mais a feição de criança, tornara-se mulher no jeito de olhar, de se vestir e de provocar.

Depois das minhas pobres refeições, ia para janela, esperar o tempo passar, criar coragem para lavar as louças, ver o movimento das crianças pelo condomínio. Até que de repente ela aparecia, fumando na janela, com uma camisola sensual e transparente que, mesmo à distância, me proporcionava admirar os pequenos, porém, rijos, empinados, eretos e arrogantes seios que ficavam exatamente na altura do parapeito, fazendo jus ao nome da alvenaria. Ela esforçava-se para deixá-los à mostra. Eu observava; no início, de maneira discreta, depois de forma imprudente, direta, e ela passou a se exibir da mesma maneira. Nunca ouvi sua voz. Ouvia só os seios que saltavam do corpo com atrevimento e terminavam em bicos carnudos que queriam, a qualquer custo, a liberdade. Chamavam-me da janela. Tinham vida própria. Salientes. Envolviam-me em sua conversa, no capricho de suas formas, nos imprevistos de suas curvas. Mergulhava em seus encantos. Seios que cantavam como as sereias. Hipnose. Seios de índole indomesticável. Seios traiçoeiros, frescos e brincalhões. Era necessária pouca criatividade para imaginá-los balançando arfantes na minha frente. Próximos à minha boca. Meus lábios fazendo bico para sugá-los esfomeado. Não conseguia desviar o olhar fixo, faminto. Fatigado como um predador que vigia a sua caça. Como um refém que suplica alívio. Como um crente fervoroso implorando por perdão ao seu Deus. Como um fiel estagnado contemplando uma imagem. Era eu ao venerar os seios da deusa.

Há cada noite nos tornávamos mais íntimos. Depois de alguns meses, esperávamos até o meio da madrugada, para abrir discretamente nossas janelas, olhar ao redor, e iniciar nosso ritual: as janelas se abriam devagar, ela se despia lentamente, eu fazia o mesmo, depois ela subia numa pequena poltrona e deixava-me apreciar todo seu corpo. Ela de olhos fechados, eu de olhos bem abertos. A cada dia aumentávamos um pouco nossa intimidade secreta. Quando nos víamos nos corredores ou imediações do condomínio, não nos cumprimentávamos, a não ser quando ela estava acompanhada da mãe, únicas ocasiões em que podia ouvir sua voz pronunciar um simples e tímido "oi".

Passei a não sair mais de casa, perdia noites de sono. Perdia a hora todas as manhãs e, por isso, acabei perdendo também o emprego.

Após um ano de exibicionismo, atingimos um ponto em que chegávamos ao orgasmo no mesmo instante, como almeja a maioria dos amantes, ambos totalmente nus, com as janelas e almas escancaradas, enaltecidos e exaustos com a plenitude do gozo que poucos conseguem alcançar.

Foi assim até o dia em que ela conheceu um rapaz. No início do namoro ainda continuávamos nos amando, mas à medida que o relacionamento foi se tornando mais sério, ela foi se distanciando da janela.

Com a notícia do futuro casamento, vivi a pior de todas as depressões. Sofri como nunca experimentara em toda minha existência.

Mesmo sem ser convidado dei um jeito de ir à cerimônia religiosa. A mãe, o noivo, o pastor da igreja, os enfeites, o coral, nada me interessava. Aquela foi a última vez em que a

vi. Olhava-a no altar da mesma maneira como a via na janela. Vangloriava-me em pensamentos por saber que, entre todos os presentes, era o único que estava honestamente excitado ao ver a moça casando. O único de olhos fechados a vislumbrar seus seios, debaixo do vestido de noiva.

Alvitre

ENTRAR na casa de um morto dava-lhe uma impressão estranha, algo como se a pessoa estivesse ali a esperá-lo, ou a espreita, para de repente pregar-lhe um susto, uma traquinagem que só um defunto seria capaz. Passar a noite ali, mesmo que acompanhado da mãe, o deixava assustado como nos tempos de criança. Naquele momento não sabia se o pai lhe causara mais temor quando vivo, ou depois de morto.

Viu a mãe separando as coisas do falecido. Séria. Não choraria a morte do ex-marido, já havia chorado o suficiente durante toda sua vida.

O quarto e cozinha não tinham espaço para muita coisa. Além dos móveis velhos, seus pertences pessoais, objetos que sobreviveram ao defunto, um percurso de sua história, seus pecados, suas paixões e suas angústias; algumas roupas, perfumes baratos, correntes e pulseiras de ouro, garrafas de uísque, ingressos de shows e de jogos de futebol, cartazes de boates, cartas e bilhetes de amor e ódio, discos, fitas K-7 e VHS, a câmera profissional e as fotos, muitas fotos, a maioria de mulheres nuas, tiradas pelo próprio falecido. A mãe foi rasgando uma a uma, até encontrar aquela que a fez parar, seus olhos pareceram viajar no tempo, essa última foto estava grudada a anterior, ela, quarenta anos antes, nua, como todas as outras mulheres nas fotografias. Ele fingiu não reconhecê-la. Uma lágrima escorreu no rosto da mãe. A foto parecia ser a mais antiga do acervo e foi rasgada com maior vigor. Picada entre lágrimas.

Na apertada cozinha ainda estavam dispostos à pequena mesa de dois lugares, sem cadeiras, um prato sujo de molho e cinco latas vazias de cerveja; testemunho de um último jantar provavelmente engolido de pé e sozinho, talvez sentado na cama, frente à tevê pequena e velha com queimaduras de pontas de cigarros apoiados no gabinete plástico em cima da pequena cômoda. Os móveis manchados de gordura e com rastros de cocaína, algumas roupas jogadas ao chão, a inexistência de vasos e flores, porta-retratos com fotos da família que abandonara, e que ele e a mãe esperavam ao menos encontrar. A cama desarrumada, a sujeira, as baratas que rondavam a pia, tudo isso evidenciava como fora seus últimos dias de vida, talvez a vida toda.

Ele foi até a cômoda, abriu as gavetas. Na primeira, as camisas de seda. Na segunda, meias e cuecas samba-canção, também de seda. Na terceira, lingeries, fantasias eróticas vulgares e acessórios estranhos que só são vendidos em sex-shops. Na quarta e última, preservativos, analgésicos, antiácidos, calmantes, cápsulas de cocaína vazias e papéis de todos os tipos; advertências de bancos, contas, avisos de loja por produtos e roupas que não foram pagas, panfletos de pizzarias e supermercados, bulas de remédio, a maioria relacionados ao tratamento da disfunção erétil e impotência, guardanapos de bar com anotações de telefones e nomes de mulheres e as cartas que o morto escrevera ao filho, mas que nunca foram enviadas. Ele leu pacientemente todas. Na mais recente, o pai contava mentiras sobre uma casa muito diferente da que estavam agora, falava também sobre um sítio com piscina, quadra de futebol e churrasqueira, onde em breve poderiam se reunir para jogar bola, correr, nadar e conversar. Dizia-se também muito preocupado com o futuro do filho. No final perguntava por uma provável nora e pedia por um neto. Guardou-as sem mostrar à mãe. Nenhuma delas condizia com a vida aparente do morto. Era como se as cartas tivessem sido escritas por outra pessoa, outro pai, um pai carinhoso, preocupado com o futuro do filho. Como gostaria de tê-las recebido, expô-las a mãe, poder contrariar tudo o que ela dizia a respeito do pai.

Lembrou-se das duas últimas vezes em que o viu. A primeira, uma recordação muito remota, tinha apenas seis anos, não se lembrava dos tempos em que viviam em família, mas guardou o último momento do dia em que o pai arrumou a mala e disse que queria viver, saindo de casa sem se despedir. A segunda fora recente, vinte anos depois da partida, quando um homem tocou a campainha e perguntou por sua mãe. Não entrou; do portão explicou que estava muito doente, que ia morrer em breve e não tinha quem o cuidasse. Disse que estava arrependido. Pediu desculpas, chorou. Ele escutava tudo escondido, e a única frase que ouviu da mãe foi: "volte lá pra suas negas, vá pedir a elas que cuide de você". Só depois de uma hora ela contou: "aquele traste era seu pai".

A mãe o despertou das lembranças:

— Amanhã vamos doar essas roupas e os poucos móveis, depois vamos na imobiliária para negociar os aluguéis atrasados e a tarde pegamos o ônibus de volta pra casa. Não quero ficar nem mais um dia nessa cidade. Já chega a humilhação e a vergonha que passei no velório e no enterro, no meio daqueles bêbados e putas. Nem sei por que vim até aqui.

Ele deitou-se na cama de casal com a mãe. Ela dormiu rápido, estava exausta. Ele contemplou o espelho no teto, imaginou o que seu pai poderia ter vivido naquela cama. Sabia que tudo o que passava por seus pensamentos seria pouco, mínimo, se comparado à realidade. Olhou para sua mãe, pensou no prazer e na diversão que seria passar uma noite ali com uma possível namorada.

A voz da experiência

No JORNAL de domingo não encontrei nenhum anúncio. Arrependo-me de não ter terminado a faculdade. Hoje sou técnico em nutrição, o que para nós, técnicos em nutrição, é quase a mesma coisa que ser nutricionista; já para eles, os nutricionistas, somos meros auxiliares de enfermagem, ajudantes de cozinha. Para os empregadores, os donos de hospital, todos nós somos um monte de merda que cuida da comida dos doentes. Passei então para os classificados, em busca dos trabalhos informais. Um anúncio procurando enfermeiro para tomar conta de um velho paralítico poderia ser uma solução provisória.

Na segunda-feira pela manhã, atravessei o centro da cidade preocupado com a carteira que, apesar de vazia, continha meus documentos. Fui obrigado a desviar das pessoas idiotas que formavam rodas para ver outros idiotas fazendo malabarismos pela rua.

Cheguei ao apartamento na Avenida São Luiz. Uma jovem senhora abriu a porta. Disse que estava ali pelo anúncio. Ela me mandou entrar. A sala era enorme e, da grande janela, eu via toda a Praça Dom José Gaspar, inclusive a biblioteca Mário de Andrade. Um senhor de poucos cabelos grisalhos estava sentado numa cadeira de rodas observando, tranquilo, a cidade agitada lá em baixo.

— É para tomar conta do meu pai, disse a mulher.

— Tudo bem, e quando posso começar?

— Agora mesmo, se não se importar. É que na verdade nosso antigo enfermeiro pediu demissão na sexta-feira. Coloquei o anúncio às pressas. E graças a Deus você apareceu. Disse ela enquanto pegava sua bolsa, um casaco e um guarda-chuva. Algumas pessoas em São Paulo têm a mania de carregar casacos e guarda-chuvas, mesmo nos dias em que não vai chover ou esfriar.

Precisava responder rápido, também queria me livrar daquela mulher tanto quanto ela parecia querer se ver livre da minha presença e do velho.

— Aceito. Respondi.

Ela parecia já ter certeza de minha resposta desde o momento em que entrei.

— Então está bem. Pago semanalmente, toda sexta-feira. No armário da cozinha estão os remédios, com as receitas indicando a posologia. Tem sopa e frutas na geladeira. Papai não pode comer outra coisa. Fique à vontade para abrir os armários e preparar qualquer coisa que desejar comer. Volto às sete. Até lá. Disse a mulher saindo apressada.

A princípio não tive problemas com o velho. Sentei no sofá e liguei a televisão. Ele só virou a cadeira duas horas depois.

— Quero descer, andar na praça. Foi só o que disse.

Como não havia instruções sobre isso, resolvi levá-lo. Tentei puxar conversa. O velho não respondia às minhas perguntas. Apenas pediu que não o tratasse como uma criança. Tudo bem. Pensei comigo, velhos e crianças, pra mim, sempre foram a mesma coisa; dão trabalho e reclamam de tudo.

Chegamos à Praça Dom José Gaspar e ele pediu que eu parasse ali, ao lado do bar Varanda. Escutou o samba antigo que vinha das caixas de som. Perguntou se eu gostaria de tomar uma cerveja.

— Acho que não faria bem ao senhor. Respondi.

— Perguntei se você queria tomar uma cerveja, não disse que tomaria também. Me leve até a Praça da República.

Resolvi obedecer, não pretendia colocar meu novo emprego em risco logo no primeiro dia.

— Queria ser como a cidade — Iniciou uma conversa, fez uma pausa, olhou para as obras do metrô e voltou-se para meu rosto, deixando claro que continuaria a falar — O tempo passa e a cidade fica cada vez mais nova. Rejuvenesce. Nós não. Hoje tenho oitenta e seis anos. Ela já tem mais de 450 e está cada dia mais moça, quase irreconhecível. Quando eu tinha vinte anos era aqui que costumava namorar. Daqui eu via os operários trabalhando na construção do Copan. Era uma obra prima da engenharia civil. Cheguei a ver o Oscar Niemeyer e o Carlos Alberto Cerqueira Lemos andando e discutindo sobre a obra. Também vi a construção do metrô começar por aqui em 1978. Em 82 foi inaugurada a estação República. E que time tínhamos em 82, lembra-se? Você devia ser garoto. Mas gostava de futebol, não é mesmo? Sem me deixar responder, ele continuou. Aquele Paulo Rossi... Nosso time era muito melhor... Não gosto nem de lembrar. Leve-me até a esquina da Ipiranga com a São João. Ordenou ele.

Segui empurrando a cadeira de rodas. Durante o percurso ele não disse uma palavra. Apenas olhava para o movimento das pessoas apressadas. Fez um gesto para pararmos em frente à Rua Vinte e Quatro de Maio. Observou o movimento por alguns segundos e pediu que seguíssemos em frente. Parei na esquina mais famosa de São Paulo, como ele mesmo se referiu ao local, quando deu a ordem.

— Veja o bar Brahma, voltou a falar novamente com brilho no olhar. "Ah!" (suspiros, de ambas as partes). Ali vi Hebe Camargo cantando. Que mulher! Você não acha? Não respondi. Estive na inauguração em 1948. Sentei-me à mesa ao lado do Jânio Quadros... Aquele gostava duma birita. Não posso falar nada, eu também gostava. Mas o bom mesmo era quando o Adoniran ou o Ari Barroso vinham cantar. Lotava. Enchia de garotas. E como eu dançava... Era um verdadeiro pé-de-valsa! Foi dançando que conquistei Catarina. No começo ela resistiu. Não queria dançar. Acho que ficou com vergonha. Também... Eu dançava muito pra ela. Mas não fui arrogante, acompanhei seus passos e sem que ela percebesse, eu a conduzia. Foi assim que ensinei Catarina a dançar. E em passos leves, naquela mesma noite dei-lhe o primeiro beijo. Ela estava tão extasiada com a dança que nem pensou em recusar. Foi durante o show do Cauby. Dali, seguimos de mãos dadas pela São João. Levei-a até em casa, na Santa Cecília, depois voltei andando até o Brás. Feliz da vida. Vamos sair daqui. Disse o velho encerrando o assunto com lágrimas nos olhos. Ele pediu que déssemos a volta, sofri para passar pelo Anhangabaú, depois viaduto do Chá e logo em seguida mais uma parada, em frente ao Teatro Municipal.

— Ah... O Teatro. Aqui começou a organização da Semana da Arte Moderna. Isso eu não vi. Mas ficou marcado em minha vida. Foi justamente quando eu estava nascendo. Mas aqui vi Cacilda Becker, e pouco tempo depois trouxe Catarina para assistirmos a uma peça do Procópio Ferreira. Foi justamente quando a pedi em casamento. Ah... Que saudade da minha Catarina. Por favor, vamos voltar. Estou cansado. Cansado estava eu de empurrá-lo pela cidade. Dali em diante ele não disse mais nada. Apenas lágrimas. Eu morrendo de fome, com vontade empurrar o velho ladeira abaixo na descida da São João e vê-lo esborrachar no prédio velho do Correio.

Quando entramos no apartamento, olhei para o relógio. Seis da tarde. Escutei o badalar dum sino em pleno centro da cidade, fazia anos que não me lembrava de ouvir um sino, ou ao menos de prestar atenção em um. O velhote voltou para a janela e disse na maior calma que já havia passado a hora dos remédios. Corri desesperado ao armário da cozinha, lembrei que também não havíamos comido nada até àquela hora. Procurei pelas receitas, conferi por diversas vezes as doses prescritas. Ele apenas sorria. Dei o remédio ao velho e, quando fui guardá-los na cozinha, aproveitei para tomar dois calmantes que encontrei no armário. Esquentei a sopa do velho, deixei na mesinha da sala junto com uma maçã. Esquentei uma lasanha congelada pra mim e comi tomando uma garrafa de vinho chileno que encontrei por lá.

Depois de comer, o velho rumou a cadeira até o sofá em que eu já estava sentado, curtindo a minha brisa:

— Meu jovem. Você não é enfermeiro! Não é mesmo?
— Sou sim, senhor.

— Eu sei que não é. Um sorriso amistoso.

— Na verdade sou técnico em nutrição. Tudo área da saúde. Posso cuidar do senhor. Não se preocupe.

— Eu não estou preocupado. Na verdade, estou. Mas não comigo. Estou preocupado com você. Por favor, vá embora e não volte amanhã. Não tente ser o que você não é. O tempo passa. Eu vivi cada dia da minha vida, e hoje só me resta saudades... Só Deus sabe como tenho saudades dos meus dezoito, vinte, trinta, quarenta e até dos meus cinquenta anos. Para falar a verdade, até dos oitenta. Tenho saudades de dois anos atrás, da minha vida até o dia em que Catarina se foi. De lá pra cá, a única coisa que quero é partir logo. Mas Deus me fez forte e com ele não adianta teimar. O máximo que consegui até agora foi essa cadeira de rodas. Até a lucidez ele me deixou, para que eu possa sofrer um pouco mais. Os crentes em Deus não acreditam que a vida possa ser feita só de alegria. É preciso provar um pouco de dor. Não sei quanto tempo me resta. Mas vejo que você ainda tem muito que viver. Minha filha não quer perder o seu tempo cuidando de mim e nem eu quero que ela faça isso, mas não é justo que pague para outra pessoa, um desconhecido, perder seu tempo comigo. Não perca tempo em troca de dinheiro. Por favor, vá embora. A vida é curta.

Agradeci as palavras do velho e o deixei lá, sozinho. Saí caminhando lentamente. Segui pelo viaduto Maria Paula, ainda embriagado pela mistura do calmante e vinho. Quando cheguei à estação da Sé, um grupo de malabaristas decadentes tentava fazer algo parecido com um show. Peguei as únicas moedas que tinha e joguei no chapéu que eles haviam deixado no chão. Queria me livrar delas. Não gosto de moedas. Dinheiro pequeno. Muito barulho no bolso por nada. Depois contei tranquilamente as notas que havia roubado na casa do velho. Resolvi seguir os seus conselhos; seria eu mesmo, para sempre.

A volta

SÓ DE AVISTAR o trânsito de São Paulo, Rafael já sentiu certa alegria. Vinte anos na frieza da Alemanha, como ele costumava dizer. Agora o calor do Brasil. Ouvir as pessoas falando português no aeroporto, o prazer em pedir um café e pão de queijo em sua língua materna. Rostos nunca vistos antes lhe pareciam familiares. Não se importou com a espera das malas, nem com a fila para o táxi.

Passou a noite num hotel do centro da cidade. Não queria incomodar a mãe, acordando-a na madrugada. Além do mais, precisava de certo tempo antes de voltar ao bairro.

Acordou cedo. Passou o dia na rua. Visitou alguns poucos amigos. Fez compras. Depois voltou ao hotel e pegou suas coisas, pagou a conta e saiu.

Vislumbrava as ruas e avenidas. As vias principais haviam mudado muito, já as ruas de seu afastado bairro continuavam iguais. Uma ou outra casa dera lugar a construções um pouco melhores, mas a maioria permanecia do mesmo jeito.

A mãe não conteve a emoção e chorou de alegria ao revê-lo. Mesmo sabendo da volta do filho, esperou ansiosa por semanas. Anunciava sua chegada com orgulho por toda a vizinhança. Como ele havia mudado. Os cabelos começavam a perder a cor. Algumas rugas ao redor dos olhos. Mas ainda era seu menino. O mesmo que vinte anos antes saíra do país para tentar a vida no estrangeiro com a ilusão de se tornar cientista e esquecer a decepção amorosa.

Depois de abraços e beijos ela quis saber como o filho passara esses anos todos?

Seria impossível resumir vinte anos em apenas uma noite. Preferiu não responder. Desculpou-se dizendo que estava cansado. Conversariam melhor no dia seguinte.

Durante a noite estranhou a cama e o pequeno quarto conservado pela mãe. Olhou para os pôsteres de mulheres nuas e de suas bandas preferidas da época. Sentiu vergonha. Levantou-se para arrancá-los da parede e jogá-los no lixo.

O sono não vinha. Como explicaria a sua mãe que durante todos esses anos não conseguira o sonhado curso? O mais próximo que chegou da universidade de Heidelberg foram às noites no bar onde trabalhou como garçom, servindo alunos e professores da renomada instituição. Pela manhã, lecionava português a um grupo de executivos da grande fábrica de equipamentos gráficos da cidade. A única ciência que experimentou foram as drogas sintéticas e as mais variadas e exóticas bebidas durante as madrugadas de frio e solidão.

Quando pegou no sono, já era quase dia. Mesmo assim levantou cedo.

— Conta, meu filho, como foram esses anos na Alemanha? Veio pra ficar?

— Ainda não sei, mãe. Foi a resposta lacônica.

— Você tem uma namorada alemã, a coisa tá séria?

— A última vez que conversarmos por telefone foi há mais de um ano, mãe. Já terminamos. Estou bem.

Não queria falar sobre isso. Na verdade, não queria falar sobre a Alemanha. Muito menos sobre namoradas. Baixou a cabeça e apoiou-a sobre os braços cruzados na mesa. Arrependeu-se de ter deixado o hotel. As palavras na língua materna que não ouvia há tempos, na fonética da mãe, soavam ainda mais estranhas. Tomou uma xícara de café e levantou-se. A mãe prosseguiu tentando animá-lo:

— Sabia que a Márcia se separou?

Ele mudou o semblante, olhou atento, esperando que a mãe prosseguisse; como demorou um pouco, fez um gesto com as mãos, procurando demonstrar desinteresse.

— É... Parece que o marido fugiu com outra. Deixou a coitada com as duas crianças pequenas, um menino de dez anos, outro de seis. Veja como são as coisas, meu filho. Ela te abandonou e agora... O castigo de Deus vem a cavalo. Deus tarda mais não falha. Agora aquela boba vai ver como é ser abandonada por alguém. Vai provar do seu próprio veneno!

— E como ela está?

— Voltou a morar com a mãe, aqui na rua de trás. No mesmo lugar. Lembra? Deve estar sofrendo mais do que antes. Todo mundo aqui sabia que o marido dela não prestava. Mas o que ninguém imaginava é que ele ia sair de casa assim. Dizem que ainda mandou uma mensagem dessas de imei... Essas coisas de computador, explicando que se apaixonou por outra. Igualzinho ela fez com você, só que naquela época ainda não existia computador, né, meu filho?

Duas semanas se passaram. Rafael saía cedo e voltava sempre tarde, tentando evitar conversas com a mãe. Numa sexta-feira, voltou dizendo que partiria no dia seguinte. Viera para matar as saudades e resolver algumas questões pessoais. Não deu mais explicações. Passava os dias na rua, voltava para casa só para dormir. A mãe se desesperou. Como poderia voltar para Alemanha, tão rápido? Que férias seriam aquelas? Não passara nem um mês.

Um dia antes da viagem, os vizinhos mais próximos apareceram para rever Rafael. Ele conversou pouco. Perguntou desinteressado por Márcia. A mãe respondeu que ela estava envergonhada em vê-lo.

— Não tem nada de mais. Faz tanto tempo, respondeu Rafael. Acho que vou visitá-la.

Naquela noite ele bateu na porta da casa na rua de trás. A mãe da moça estranhou sua presença, mas chamou-a com entusiasmo. Ela encarou-o séria, depois, acanhada, olhou para o tapete na porta. Ele sorriu.

— Desculpe vir assim, sem avisar, mas estou voltando para Alemanha amanhã. Minha mãe fez o favor de chamar todos os vizinhos para se despedirem. Resolvi passar aqui para vê-la. Vamos dar uma volta?

— Dar uma volta? Aqui no bairro? Não sei...

A mãe da moça fez um gesto dentro da casa para que aceitasse o convite. Saíram caminhando sem pressa.

— Soube que está separada.

— É verdade. E se soube que estou separada, sabe o resto da história. Esse povo não costuma contar as coisas pela metade.

— Sim. E resolvi te ver por esse motivo. Gostaria que soubesse que sinto muito. Preferia vê-la feliz com seu marido, com sua família. É constrangedor dizer isso... Mas, queria que soubesse que não guardo mágoas. Não gostaria que pensasse que eu...

— Não penso nada. Éramos jovens... Crianças... Era bem diferente.

Rafael perguntou por seus filhos. Márcia mostrou algumas fotos que estavam em sua carteira. Ela perguntou sobre a Alemanha. Ele contou com detalhes sobre os lugares que havia conhecido. Falou com entusiasmo sobre as diferenças, sobre os pontos turísticos. Só não falou sobre sua vida.

Divertiram-se com a escolha dos sorvetes. Os mesmos sabores de vinte anos antes. Rafael continuava com a estranha mania de misturar água com gás ao sorvete. Motivo de tantas brincadeiras e até pequenas brigas no passado. Márcia observou-o despejar a pequena quantidade de água no sorvete. Ela riu. Ele também. Ficaram um bom tempo calados. Rafael fingia interesse por uma notícia na tevê. Ela olhava para mesa. Forçava a colher plástica contra a massa de sorvete. Quando, enfim, quebrou-a levantou-se com a verdadeira desculpa de trocá-la. Márcia pensou em pedir para que ele ficasse um pouco mais, quem sabe não poderiam retomar a história, esquecer o passado. Depois seguiriam juntos para Alemanha se ele quisesse. Bastava ele aceitar seus filhos. Com certeza aceitaria. Estava mudado. Morou na Europa. Seria feliz. À distância a faria esquecer o passado. Nem se lembraria dos anos em que fora casada. Passeariam de mãos dadas em Paris, Amsterdã. Ela mandaria as fotos para a mãe mostrar a todos no bairro. Na Europa tudo é perto, fácil, basta pegar um trem. E nos finais de semana em que não quisessem sair, ficariam em casa, assistindo filmes, apreciando a neve pela janela. Acenderiam a lareira. Brindariam com vinho à luz de velas. Isso sim é uma vida com amor. Amor é tranquilidade e não aquela vida agitada, brigas, marcas pelo corpo, como acontecia quando estava casada. Que besteira havia feito, pura ilusão adolescente trocar Rafael, cientista renomado na Europa, por um louco que só a fez sofrer e, ainda, por fim, trocou-a por uma mulher mais jovem... Quando soubesse que ela mudou para Europa em companhia do antigo namorado, agora cientista renomado, morreria de ciúmes, iria se arrepender pelo resto da vida por tê-la deixado...

Márcia despertou da abstração com um suave toque de Rafael em seu ombro. Voltaram caminhando, sem qualquer pressa, lembrando os tempos de criança e adolescência. Ele a levou até a porta de casa. Conversaram por mais algumas horas. Márcia viu a mãe espiando pela janela algumas vezes. Rafael também. Sorriram. Ele se despediu com um beijo no rosto. Ela facilitou para que ele lhe beijasse a boca. Não aconteceu. Rafael seguiu em direção à casa da mãe e não olhou para trás, mesmo sabendo que Márcia esperou na porta até que ele virasse a esquina.

O quarto do fundo

Quando ele apareceu ninguém sabia seu nome, nem de onde veio. Por gestos pediu comida. Estava maltrapilho e muito sujo. Uns diziam que era cirurgião e depois de cometer um grave erro que tirou a vida de uma criança, acabou ficando louco, vagando pelas ruas. Outros que era doido, fugido de algum manicômio.

A barba branca e comprida suscitou o apelido de Papai Noel pela molecada da rua. Só gesticulava para pedir o prato de comida, mais nada, nem agradecia. Ficou por ali, dormindo na rua, uns dois ou três meses. Cada dia um vizinho dava-lhe algo para comer. Eu ficava na janela, vendo-o comer com as mãos. Voraz. Como um animal. Aquilo, de certa forma, me encantava. Não sei exatamente por quê. Acho que admirava vê-lo num mundo só seu. Não tinha preocupações. Podia fazer o que quisesse na hora e da maneira que bem entendesse. O fato de não ter que dar satisfações a ninguém era o que me encantava. Tentei puxar conversa algumas vezes; nada.

Desde que minha mãe morreu aprendi a me virar sozinha. Era eu quem cozinhava, lavava roupas e limpava a casa. Depois as coisas foram melhorando e meu pai passou a pagar para dona Teresa fazer os serviços domésticos. Daí em diante meu único compromisso era com os estudos. Passei a estudar o dia todo. Meu pai chegava sempre tarde, às vezes de madrugada. Quando ia abrir o portão, lá estava o Papai Noel, sentado no meio-fio.

    Naquela noite não seria diferente, se não fosse pela atitude de meu pai. Quando fechava o portão, Noel se aproximou. Dessa vez não pediu comida e sim um cigarro. Meu pai mandou Teresa preparar algo para o homem comer, tirou o maço de cigarros do bolso e entregou a ele.

    — Entre, coma aqui, na garagem.

    Teresa voltou com os talheres que ele dispensou. Sentou no chão e começou a comer com as mãos. Meu pai já estava dentro de casa. Teresa foi embora e eu fiquei ao seu lado.

    — Disseram que você era médico... Verdade?

    Nenhuma resposta. Quando acabou de comer, entregou-me o prato limpo pela língua, saiu e deitou-se na calçada, do outro lado da rua, encostado no muro do terreno onde em breve fariam um prédio residencial.

    Na manhã seguinte meu pai se preparava para o trabalho e eu para escola. Teresa chegou no instante em que eu abria o portão. Noel se aproximou. Meu pai mandou dar-lhe um copo de café com leite. Ele tomou e depois, com um gesto, pediu um isqueiro para acender o cigarro amassado que tirou do bolso.

    À noite, quando meu pai chegou, Noel novamente gesticulou lhe pedindo cigarros. Dessa vez meu pai negou. Perguntou por que ficava pela rua. Ele não respondeu. Meu pai irritado disse que se quisesse fumar teria que trabalhar para manter seu vício. O homem já se afastava quando meu pai fez a oferta:

— Se quiser pode cortar a grama do jardim e podar a árvore da frente.

Noel saiu sem responder e nós entramos. Meu pai foi tomar seu banho e eu me tranquei no quarto, como todas as noites.

Desde pequena me lembro de ouvi-lo falar: se quiser conquistar algo na vida tem que batalhar. Nada é fácil. Nada é de graça. Dei um duro danado para chegar onde cheguei, para conseguir o pouco que tenho. Muito trabalho. Tem muito suor meu em cada tijolo dessa casa. Vim do nada. Saí da roça. Lutei para vencer na cidade grande. Uma ladainha repetida durante anos, como dizia minha mãe. Meu pai sempre com essa lei da compensação. "Se quiser isso, tem que fazer aquilo. Para ter aquilo outro, tem que se dispor a alguma outra coisa. Nada é gratuito. Amor não existe, casamento é conveniência. Vai largar todo o conforto que lhe proporciono porque está infeliz? Vai viver de quê? Felicidade? Felicidade não existe. A vida é feita de escolhas; seja infeliz confortavelmente ao meu lado, ou miseravelmente feliz. A escolha é sua". Era o que ele dizia quando minha mãe ameaçava deixá-lo. A vida é feita de escolhas, mas ele nunca dava opções. Eram as suas escolhas. Sempre existiam regras, exigências. Antes de qualquer elogio, sempre uma cobrança. Lembro-me quando criança, até para ganhar um beijo era preciso algo em troca, como pegar os chinelos, por exemplo. Essas permutas durante toda minha vida sempre foram um sofrimento; se quiser sair no sábado à noite tem que ir visitar sua avó conosco hoje... Se quiser dinheiro para sair com as amigas vai ter que lavar o quintal... Tudo isso mutilou muito dos meus desejos. Tornei-me fraca. Passei a aceitar tudo em troca de nada. Diferente do meu pai, nunca tive força ou poder para controlar as pessoas. Nunca consegui fazer a primeira oferta. Sempre esperei por ela. Nunca barganhei nada, apenas aceitava o que me era imposto.

Na manhã seguinte, quando saíamos para nossa rotina diária, lá estava Noel, podando a árvore com as mãos já machucadas. Meu pai sorriu. "Viu? Essa gente se faz de besta pra poder viver, mas no fundo eles sabem como são as coisas, sabem como a vida funciona. Se achar um trouxa que lhe dá tudo de mão-beijada ele se encosta. Quer comer, beber, fumar e dormir de graça a tarde toda, à custa dos outros. Aqui não. Vai ter que trabalhar se quiser comer. Andar na linha, no trilho". Sempre essa conversa do trilho. Será que meu pai nunca pensou que algumas pessoas preferem trilhar os próprios caminhos, mesmo que não saibam aonde vai dar? Ele olhou-me esperando uma aprovação que não veio. Saiu do carro, entrou em casa e voltou com o facão, o rastelo e a tesoura para cortar grama. Deixou as ferramentas no chão ao lado de Noel e voltou para o carro sem dizer nada.

Quando voltei do colégio, Noel picava os galhos com o facão. Teresa havia trancado a porta. Disse que não confiava naquele homem com uma arma daquela nas mãos. Eu fiquei ao seu lado até que ele terminasse o serviço. Quando acabou, recolhi as ferramentas, limpei e guardei. Teresa nos serviu bolo de fubá e café. Ele comeu devagar. Parecia cansado.

No dia seguinte, Noel dormia encostado no muro, ao lado de uma fogueira que fizera com os gravetos picados. Meu pai foi até lá e pagou com duas notas de vinte. Depois falou que havia comprado tinta, pincel e rolos para que ele pintasse o muro da nossa casa.

Durante três meses meu pai inventou serviços para Noel. Ele pintou o muro, depois a casa, por fora e por dentro. Consertou o telhado. Trocou a fiação da luminária do jardim. Plantou roseiras. Lavou o carro aos finais de semana. Chegou até a fazer algumas feiras com Teresa, que, aquela altura, já havia perdido o medo.

Noel já vestia roupas que foram de meu pai. Cortou o cabelo e as unhas, aparou a barba. Passou a tomar banho todos os dias, em nossa casa, no quarto de empregada que havia nos fundos, já que Teresa não dormia no emprego e tampouco usava o quarto. Depois disso Noel passou a fazer pequenos serviços para boa parte da vizinhança. Sua feição demonstrava certo sofrimento que já não me encantava.

Com o dinheiro que ganhava, Noel comprou madeiras e ergueu um barraco no terreno onde construiriam, em breve, o prédio. Comprou um colchão, um fogão de duas bocas e uma mesa de dois lugares, tudo de segunda-mão.

Numa tarde de domingo, único dia em que Noel não trabalhava em nossa casa, sentei ao seu lado na calçada. Ele admirava o céu cinzento de São Paulo. Como morávamos no alto de Pinheiros era possível avistar boa parte da cidade, seus edifícios a perder de vista. Eu olhava admirada para Noel, que parecia alheio a própria visão. Como se o tempo e o espaço não existissem para ele. Era como se não houvesse nada além daquele horizonte. Tenho, pra mim, que na cabeça dele era como se não existisse nada além da cidade. Era tudo um mundo urbano sem fim, que ele talvez não conhecesse e não fazia a menor questão de conhecer. Perguntei se era de São Paulo ou se veio de outra cidade. Nenhuma resposta além de um olhar desconfiado. Nem mesmo um gesto.

Quando a construtora começou as obras do novo prédio, a primeira coisa que fizeram foi expulsar Noel e derrubar o barraco, com todas as coisas dentro. Meu pai ofereceu o quarto de empregada. Compramos cama, colchão novo e uma televisão. Além de cuidar da manutenção da casa, Noel passou a atender serviços menores, caprichos do meu pai como comprar cigarros, jornal, revistas, bebidas e até mesmo engraxar seus sapatos. Depois das tarefas, jantava conosco na mesa, usando talheres, todos os dias. Numa dessas noites, ele tirou do bolso uma folha com o alfabeto Libras. Passei dias treinando. Busquei outras informações, comprei livros sobre o assunto e em pouco tempo aprendi o suficiente para me comunicar na língua dos mudos.

Passamos a conversar todas as noites. Ele me contou que escutava bem, mas perdera a fala num acidente de carro. Ficou muito tempo internado, mais de ano, quando saiu do hospital ninguém mais o visitava. Tivera uma família, trabalho, casa... Soube que a mulher já estava com outro e viu naquele momento, uma chance de deixar tudo pra trás e recomeçar uma nova vida e por isso decidiu não procurar ninguém. Não conseguiu se lembrar do que fazia antes para sobreviver, mas não esqueceu coisas como dirigir, andar de bicicleta, assim como o uso de ferramentas. Disse que tinha quase certeza de que fora marceneiro. Lembrava-se bem de madeiras, pregos, essas coisas. Eu via em seu rosto as expressões de alegria e tristeza, conforme me contava sobre sua vida. A primeira coisa que me falou foi seu nome verdadeiro. Mas, depois de tanto tempo, continuávamos o chamando de Noel. Ele disse que não se importava. Até gostava do nome.

No meu aniversário de dezesseis anos, meu pai fez uma grande festa. Convidamos os poucos parentes, que raramente nos visitavam depois que minha mãe morreu, meus poucos amigos da escola e algumas pessoas da empresa onde meu pai trabalhava que, na verdade, nos eram muito mais próximos que a própria família. Pela primeira vez Noel tomou cerveja e vinho, depois dançou.

Passei a comprar livros que líamos em seu quartinho. Num sebo perto de casa, troquei todos os livros de autoajuda do meu pai, por romances e livros de poesia. Compramos um aparelho de dvd e alugávamos filmes para assistir quando eu chegava da escola. Numa dessas tardes, assistimos a um filme francês, que falava sobre uma história de amor impossível entre uma jovem e um professor bem mais velho. Durante o filme, Noel estava deitado na cama com a cabeça em meu colo e eu acariciava seus cabelos. Quando terminou o filme, ele se levantou. Disse que ia tomar banho. Daquele dia em diante passei a expiá-lo nesses momentos de intimidade. Eu deixava frestas na janela ou tirava a chave para olhar através da fechadura antiga.

Passei a tratar Noel com mais carinho, beijá-lo no rosto com frequência, sempre que ele dizia ou fazia algo que me agradava.

Num domingo, meu pai nos levou ao estádio para ver um jogo de futebol. Foi o pagamento por eu ter digitado um projeto de trabalho dele. Mais de cem páginas em dois dias. Tal esforço me deu o direito de levar Noel conosco. Noel não se lembrava para que time torcia antes e por isso foi fácil convencê-lo. Na volta paramos numa lanchonete perto de casa. Meu pai nos deixou e seguiu para encontrar os amigos com quem costumava jogar baralho até de madrugada. Eu e Noel seguimos caminhando, de mãos dadas. Quando chegamos, eu o abracei e beijei sua boca. Ele se assustou, por pouco tempo. Eu peguei em sua mão e o levei para o quarto do fundo. Sentei-o na cama, ele ainda tentou se levantar, mas eu o empurrei com carinho, pedindo que ficasse. De costas me aproximei e sentei devagar em seus joelhos. Ele acariciou minhas costas e beijou o meu pescoço, afastando meus cabelos. Eu fechei os olhos para senti-lo como era antes; a barba bruta, as unhas cumpridas e sujas, podia sentir o seu bafo quente em minhas orelhas, enquanto os dedos grossos deslizaram pelo meu corpo. Entre os volumosos pelos, ainda pude sentir um resquício do cheiro acre e o gosto amargo que desejava encontrar.

Passamos a alugar filmes eróticos e pornográficos. Repetíamos na pequena cama o que víamos nos vídeos.

Demorou mais de seis meses até que meu pai descobrisse. Acho que Teresa facilitou as coisas para que isso acontecesse. Ele expulsou Noel de casa e me proibiu de vê-lo. Não preciso nem dizer que tal acontecimento fez com que eu perdesse a mesada e outros benefícios. Por outro lado, estou negociando a demissão de Teresa, o clima entre nós ficou pesado e não precisamos mais dela, já que meu pai me obrigou a fazer todos os serviços domésticos.

Noel passou a morar num quartinho que alugou perto daqui. Meu pai não sabe, acha que ele foi embora da cidade com medo de suas ameaças. Dei um jeito de levar a televisão e o aparelho de dvd. Hoje, quando volto do cursinho, passo lá, sempre com um novo filme. Não mais os pornográficos. Agora temos assistido a filmes de serial-killers e assassinatos.

O surto

ESTAVA tudo pronto para o jantar; a costelinha de tambaqui assada, vinda diretamente de Manaus, meu marido trouxera em sua última viagem. Fez tanta propaganda que eu estava louca para provar. Sentia a água vir à boca enquanto assistia a Zulmira preparar o prato. O arroz solto e branquinho, o purê de batatas que de tão aromático exalava um perfume saboroso, com a fumacinha que subia da travessa. Elogiei Zulmira pelo capricho e a arrumação da mesa. Fui esperar pelos convidados na sala. Décio acabara de sair do banho, estava preocupado, tenso.

— Meu amor, já está tudo pronto? Eles devem chegar a qualquer momento.

— Tudo pronto!

Há muito tempo não via Décio tão preocupado, na verdade nem me lembrava há quanto tempo meu marido não convidava alguém para jantar. Talvez mais de vinte anos. Só me lembrava de convidados em nossa casa logo após o casamento. Quando se é recém-casado, você quer que todos os amigos e parentes conheçam sua casa. O cheiro da casa recém-montada, tudo bonitinho e devidamente colocado em seu lugar, cada enfeite, todos os porta-retratos arrumados a cada dia, parecendo até casa de boneca. Meu pai dizia que nossa casa não era uma casa de verdade, dizia ter a impressão de que eu me preocupava até com o seu peso esparramado em meu sofá novo, meu olhar preocupado com o assento abolado a cada vez que ele se levantava. Não era bem essa minha preocupação, acho que não, mas o fato é que ele se recusava a nos visitar. O sofá era só uma desculpa, ele nunca gostou do Décio, desde o dia em que o conheceu. Chegou a insinuar que ele não era o homem certo, o que nos fez romper as relações por mais de seis meses. Depois, quando nasceu nosso filho, ele acabou aceitando, mas nunca fez qualquer esforço para se dar bem com meu marido. Décio também não gostava dele, mas sempre negou isso. Com minha mãe, Décio falava apenas o trivial, nunca demonstrou nenhum tipo de sentimento, quase como estávamos vivendo nos últimos dias. Sem sentimentos...

Naquele momento, o som do interfone me despertou:

— Eles chegaram, amor! Peça a Zulmira para abrir a porta.

Assim que os convidados entraram, Décio foi logo tratando das apresentações:

— Querida, esse é o doutor Rodolfo, dono da companhia, e sua esposa, dona Rafaela.

— Muito prazer em conhecê-los.

— O prazer é todo nosso. Disse o homem olhando-me de um jeito estranho.

— Seu apartamento é muito bem decorado. Disse a mulher.

— Obrigada, sentem-se, sintam-se à vontade.

— Martha é muito boa com decoração, ela também é uma excelente cozinheira, boa mãe, tem tudo que um marido poderia querer de uma esposa. Disse Décio sem dar tempo para qualquer comentário, logo iniciando uma conversa sobre os negócios da empresa e seus projetos.

Quanta bobagem — pensei — Não fui eu quem fez a excelente comida que iriam provar, e nem era eu quem cuidava daquela casa, graças ao bom salário que o tal doutor Rodolfo pagava ao meu marido. Há muito tempo tínhamos empregada, faxineira e outras comodidades que o dinheiro podia nos dar. Também por isso fui obrigada a largar o trabalho, logo que ele terminou a faculdade e entrou naquela maldita empresa. Quando me contou sobre o início de suas aulas de inglês (me lembro até hoje) tentei por muitas vezes dizer que também gostaria de falar outra língua; de nada adiantou, e quando fui clara, quase exigindo que me matriculasse no curso, ele esbravejou dizendo que eu não precisava falar inglês porque não trabalhava fora, e se fôssemos viajar, ele estaria sempre comigo para providenciar tudo. Minha função era cuidar da casa e do nosso filho. (Enquanto ele comia alguma amiguinha do curso). Quando menina, eu sempre sonhara em ser mãe, ter uma família. Só não sabia que isso seria uma armadilha terrível para me manter presa. Passei a ser propriedade da família. Nem dona de casa eu fui. A casa, desde o início tinha um dono, Décio. Eu apenas fazia parte da decoração. Seu carro sempre recebeu maior atenção. Empatei minha vida em troca de nada. Nem minha bisavó viveu assim.

— Posso servir o jantar, dona Martha?

— Martha! Martha... Querida... Você estava tão distraída com a conversa que nem ouviu Zulmira perguntar se poderia servir o jantar.

Acordei de minhas lembranças com ironia:

— Oh desculpe, é verdade, quando você fala com tanta empolgação sobre o trabalho, eu fico tão compenetrada em suas palavras.

Mal sabia ele que não escutei nada do que dizia. Quando nosso filho Heitor — (não tenho coragem de dizer isso ao meu próprio filho, mas detesto esse nome: Heitor. Escolha do Décio, eu queria Henrique) — quando ele nasceu, Décio contratou uma babá, e eu só pegava meu filho para amamentar. Décio achava que eu não sabia cuidar direito da criança. Sentia-me como se ambos tivéssemos uma babá, ela seguia as recomendações de Décio e, em certas ocasiões era dura comigo. Me fez sofrer muito, e repetia sempre: "desculpe, ordens do doutor Décio". Quando Heitor já estava com dez anos, eu tinha a certeza de que não precisávamos mais de uma babá. Mas Décio precisava. Descobri isso quando voltava da casa de meus pais e peguei o desgraçado com ela em nossa cama. Quis me separar, mas o Décio me convenceu que seria um erro, que fora apenas um deslize, instinto masculino, apenas sexo. Eu o perdoei. Depois me arrependi por isso, acho que vou me arrepender pelo resto dos meus dias... Não sinto raiva da moça, nem mesmo dele. Não senti ciúme algum. Sinto raiva de mim por ter desperdiçado a maior chance de me livrar dessa merda toda naquele momento. Essa casa, esse marido falastrão e gordo. Mal sabe esse chefe dele o porco que ele é. Só o encontra de terno e gravata. Falando de negócios. Sorrindo. Confiante. Não o vê de cuecas no sofá. Reclamando da empresa, do chefe. Brigando. Com a barriga pra cima. Roncando. Peidando. Em tempo de explodir. Voaria merda pra todo lado. Daria uma nova textura à parede da casa que ele tanto venera. O que mais queria na vida era pegar o Henrique e sair dessa casa...

— O que foi querida, a comida não está do jeito que você esperava?

— A comida? Não... Sim... Está ótima

— Está maravilhosa — Disse a mulherzinha engomada do doutor Rodolfo.

Será que ela sofria tanto quanto eu com seu marido? Será que ele é tão ruim com ela como Décio é comigo? Será que ainda transavam? Ela ainda estava bem conservada, tenho certeza de que era bem mais velha do que aparentava. Sem falar na ajuda das maravilhas da medicina moderna que o dinheiro pode comprar. É visível; silicone, botox... Já ele é velho e aparenta ser ainda mais; barrigudo, calvo, dentes amarelos de tanto fumar, bolsas flácidas abaixo dos olhos envoltas por olheiras roxas e profundas... Para homens desse tipo, parece que quanto pior, melhor. Garantia de poder, status. Barriga e mulher perua, para eles, é sinal de prosperidade. Como seria aquele homem nu? Uma coisa horrível de se ver... Tanto quanto, ou mais que Décio...

— Querida! Querida! Você está com algum problema, está se sentindo bem? Parece-me tão distante, alguma preocupação?

— Desculpe, estava distraída.

— Distraída?

— Distraída!

— Desculpem... Às vezes Martha fica assim, alheia, me deixa preocupado, já pedi que fosse ao médico. Acho que é a falta de ocupação que a faz submergir em seus pensamentos, sabem como é... Não trabalha, vive dentro de casa, sem maiores ocupações ou preocupações. É como diz aquele velho ditado: cabeça vazia, oficina do diabo.

Não resisti às risadas diante de um clichê tão ridículo e antigo, comum como Décio.

— Querido, não seja indelicado com seus convidados... O único diabo que fez da minha cabeça vazia uma oficina, durante todos esses anos, foi você!

— Martha! O que é isso?

— Não estava alheia, estava pensando como esse seu patrão deve ser horrível pelado. Já pensou nisso, Décio? Você seria incapaz de pensar nisso, não é mesmo?

— Martha... Por favor... Desculpem-me... Deve estar embriagada. Foi o vinho, tenho certeza. Ela não pode com o vinho... Você tomou seus remédios hoje? Sabe que não pode misturar ao álcool, querida.

— Não, você nunca pensou. Pode ser que já pensou nessa velha pelada, isso com certeza já passou pela sua cabeça, não é, Décio? Pra quem já comeu a empregada, a mulher do patrão seria um salto e tanto em sua carreira, hein Décio...

— Pare com isso Martha... Ela deve estar ficando louca, desculpem...

— Faz tempo... Muito tempo que você vem me deixando louca, Décio, e hoje é o dia do surto. Eu deixei minha vida por você, parei de trabalhar, de estudar, parei de viver. Não criei meu filho do jeito que queria, ele foi criado por uma babá, que você escolheu. Que você comeu com a mesma voracidade em que comeria esse tambaqui com as mãos, se seu patrãozinho de merda não estivesse aqui. Chega Décio, cansei! Cansei de você, cansei dessa casa, desse seu emprego, desse seu patrão estúpido, dessa vaca velha plastificada. É assim que você quer que eu fique quando estiver com a idade dela? Pra mim chega! Vou viver minha vida!

— Desculpem-me... Martha volte aqui! E o Heitor?

— Depois brigamos por isso na justiça. Por ele e por tudo a que tenho direito. Vou querer cada centavo, inclusive os danos morais.

Desde aquele dia, quando saí de casa, nunca mais me encontrei com Décio, nem mesmo quando ele vem buscar o Henrique para passar os finais de semana. Desde aquele dia me arrependo muito, não paro de pensar um dia de minha vida, na única coisa que me perturbou durante toda aquela noite: infelizmente não provei a costelinha de Tambaqui e o purê de batatas. Até hoje sinto água na boca quando me lembro. Essa foi à última e a mais terrível privação que Décio me proporcionou em todos aqueles anos em que estivemos casados.

Reminiscências

Estou sentado a sua frente. Eu e ela, mais ninguém. Ela me olha como que suplicando; por favor, tome uma atitude, faça alguma coisa. Eu não respondo. Fico pensativo por alguns minutos. Não sei por onde começar. Horas antes de encontrá-la pensei em tudo, como uma sequência lógica a ser repetida, mas agora, na hora em que nos deparamos frente a frente, algo como medo, insegurança. A mesma sensação de ansiedade e temor pela inexperiência, como da primeira vez.

Peço que espere. Levanto a cabeça, fecho os olhos. Deixo os pensamentos fluírem... Vem uma lembrança dos acontecimentos recentes, recorro aos mais distantes. Sei como fazer... Todos esses anos juntos... Sabia que esse dia chegaria. Quando jovem não acreditava que fosse possível. Às vezes a maltratava com os mais obtusos insultos. Depois fui me tornando mais maduro e mais exigente comigo mesmo, até chegar ao nosso ápice, momentos inesquecíveis de segurança que só a maturidade pode trazer. Vivemos um grande período de fertilidade, nossa melhor fase. Mas o tempo passou, eu não me dei conta. E isso agora é o passado.

Durante os últimos anos da minha vida, ela foi a única companheira. Talvez por isso perdi totalmente a noção de como somos sós no mundo. Minhas dúvidas, alegrias, angústias e tantos outros sentimentos sempre foram confidenciados em nossa intimidade. Minha única ouvinte interessada. Não posso desapontá-la agora. Minha única ligação com o mundo. O que segredar aqui, por mais insano, vergonhoso ou até imoral que seja, chegará aos outros de forma entendível. Ela sempre faz isso. Só ela tem esse poder de transformar todos os meus dilemas internos em algo palpável e bucólico aos olhos do mundo. Sei que nossa relação está desgastada, mas tenho medo de não saber mais viver longe dela. Ela percebe, faz a proposta: você pode se libertar. É só querer. Basta me esquecer e sair por aquela porta. Nada me prende a você, a não ser você mesmo. Lembro-me de Dostoiévski "Não há nada que o homem deseje mais do que a liberdade, nem nada que lhe seja tão doloroso". Nasci para viver sozinho, em minha solidão encontrei-a. Morro de medo dessa separação ao mesmo tempo em que anseio por ela. Estou cansado. Não aguento mais. Quando estamos juntos, doo muito de mim, muito mais do que recebo. Não sei me dirigir aos outros diretamente, tenho medo. Sempre me escondi atrás dela. É ela quem sempre falou por mim. Quem sempre me traduziu... Falando sou ininteligível. Mas não quero mais ser compreendido. E é meu direito deixá-la. Não estaria sendo ingrato. E os outros, entenderiam? O que iriam dizer se eu abandoná-la assim? Sem explicações ao mundo? Que se danem. Ela continua me olhando. Sei o que está pensando: que eu sou um egoísta. Sempre fui.

As pessoas precisam aceitar a minha decisão. Será que sou eu mesmo o egoísta nessa história? Eu não posso não querer mais? Devo sofrer em silêncio ao seu lado, mesmo sabendo que nada será como antes? Que tudo o que fizermos daqui pra frente será por obrigação? O que se faz obrigado não é prazeroso. E de que vale a vida sem prazer?

Espero mais alguns minutos. Volto a pensar. Será que acabou mesmo o prazer? Começo a evocar o passado. Vejo nossos vários encontros como uma apresentação em slides. Tantas noites em claro. Toda a nossa história. Os momentos que passamos juntos. Lembro-me da nossa primeira vez. Não conseguia iniciar, como agora. Ficava contemplando sua beleza, pura, virgem... Imaginando o que poderíamos viver naquele breve espaço. Eram tempos de fertilidade. Eu era jovem, cheio de ideias... Apressado, talvez. Não demorava muito e eu já a preenchia num gozo intenso. Fico pensativo... Tudo bem, então, por que não falamos sobre isso? Será a nossa última vez. Ela não diz nada, parece concordar. Acho que esperava por essa decisão. Toco-a com carinho, como sempre fiz. Sinto sua suavidade branca em meus dedos. Está decidido. Vou escrever minhas memórias. Será minha última obra. Nosso último encontro. A folha em branco entra facilmente na velha máquina de escrever e pela última vez praticaremos nosso triângulo amoroso...

ж ж ж

Devia ter estudado medicina, como ambicionava minha mãe. Ou engenharia. Mas não, resolvi me enveredar pelo mundo das letras sonhando ser um escritor: não deu em nada. Demorei muito escolhendo entre um curso e outro que nunca fiz, e esse ócio todo me levou a tomar contato com extraordinários livros, discos, poesias, filosofias, teses políticas e outras leituras que, dizem, só servem para perturbar a vida dos "trabalhadores de bem" e a paz mundial. Ainda bem que não tive filhos, seria mais gente para decepcionar.

Enquanto escrevo estas linhas, bebo a quarta ou quinta dose de uísque. Já perdi a conta. A garrafa está quase no fim. Minhas doses sempre foram bem servidas, transportando-me para um estado onde a vida se torna possível e a angústia parece desaparecer por algum tempo. Meu pai sempre dizia que artistas são, em sua maioria, bêbados, drogados ou homossexuais. Ou tudo isso ao mesmo tempo. Seres tão desprezíveis a ponto de sua própria criação justapor-se à sua existência. Quem me dera! De qualquer forma, ele viveu sob a apreensão do que daria, afinal, minha vida.

A possibilidade de me tornar um escritor, um artista de verdade, atividade tão objurgada pelo velho, me satisfazia uma ponta de vaidade que nunca consegui reprimir. Quando ele se foi, senti o gosto amargo da derrota por não haver mais tempo de desapontá-lo. Mas tenho comigo que ele morreu vencedor dessa batalha, sem saber.

Talvez eu tenha optado pelo gênero errado ao definir minha escrita. A prosa nunca foi meu forte. Acho que sou apenas um poeta lírico de passagem pela vida. Nunca escrevi poesia. Sempre busquei vivenciá-la. Pena a vida não ser considerada obra literária; me pouparia esforços na busca por construções sintáticas que não deram em grandes feitos. Julgo ter chegado a um estágio em que a gente já sabe aquilo que é. Fui sempre muito intenso. Sem qualquer registro, fora a memória, não encontro a palavra escrita, nem falada e não tenho como comprovar tudo isso para eternizar os versos vividos.

A literatura não se conforma com o vazio que sempre preencheu minha poesia, estrofes que não são suscetíveis de leitura, por isso, encerro aqui este último texto que, como todos os outros, não terá um leitor sequer para criticá-lo.

Agradecimentos

À Jucimara Tarricone, pelo prefácio, pela leitura atenta dos contos, pelas sugestões, pelo olhar crítico com que acompanha os escritos deste eterno e grato aluno e, principalmente, pelo carinho e pela amizade de sempre.

A Luiz Antônio de Assis Brasil, também um grande mestre e incentivador de novos autores.

À Tuca Mello, Ricardo Celestino, Natália Souza, Leonardo Mathias, Marco Aurélio e Leonardo Ferreira pelo auxílio a esta publicação.

À Rosa Artigas e Grace Carreira da Oficina da Palavra — Casa Mário de Andrade, onde foram feitas as fotos de capa e miolo. A Daniel Lima e Chrystian Figueiredo (Divino Studio) pelas fotos. Ao Sr. Nelson, que de bom grado e com muito bom humor posou para as fotos.

A Rennan Martens e Robson Gamaliel pelas leituras, pelo apoio e pela amizade com que compartilharam comigo esta caminhada de quatro anos desde a concepção dos primeiros contos.

Esta obra foi composta em Minion e
impressa em papel pólen bold 90 g/m² para
Editora Reformatório em janeiro de 2019.

Impressão e Acabamento | Gráfica Viena
Todo papel desta obra possui certificação FSC® do fabricante.
Produzido conforme melhores práticas de gestão ambiental (ISO 14001)
www.graficaviena.com.br